I0451983

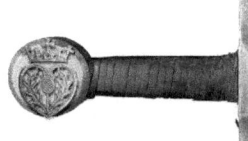

HIGHLANDSCHWERTER 6

DER ENGEL DER SCHOTTEN

KEIRA MONTCLAIR

WIDMUNG

An meine Leser,
danke, danke, danke.
Dieses Buch ist für euch.
Es mag wie das Ende erscheinen, doch das ist es nicht.

KAPITEL EINS

Dezember 1314, die Highlands von Schottland

MIT EINEM GROSSEN Lächeln trat Claray aus der Turmkammer. Dies war ein Tag, auf den sie jedes Jahr wartete. Das Julfest näherte sich und die Zeit zum Schmücken war gekommen. Das bedeutete auch, dass sie einige besondere Gäste haben würden.

Gleichwohl Madeline Grant, die Matriarchin des Clans, vor vielen Jahren dahingeschieden war, zelebrierte der Clan diesen Feiertag, den sie so geliebt hatte, weiterhin und ehrte sie damit, indem er ihre geliebte Tradition aufrechterhielt. Maddie war nicht wirklich Clarays Großmutter gewesen, doch sie war ihr in jeder Weise, auf die es ankam, Familie gewesen.

Dies wäre ihr erstes Julfest ohne Alexander Grant, dem legendären Patriarchen des Clans und Maddies Ehemann, und dieser Verlust schmerzte. Dennoch glaubte Claray, dass Maddie und er wiedervereint wurden, und der Gedanke, dass sie das Julfest zusammen verbrachten, und auf ihren Clan herabschauten, erfüllte sie mit Freude.

Alex war beinahe achtzig Jahre alt geworden und sie alle hatten zugesehen, wie seine körperlichen Fähigkeiten jedes Jahr ein bisschen abgenommen hatten. Er war bereit gewesen, zu gehen.

Als sie sich auf den Weg zur Halle machte, vernahm sie die Stimme eines ihrer liebsten Besucher, was sie veranlasste, den Korridor entlangzueilen.

Beinahe rannte sie durch die große Halle, doch ihre Schuhspitze verfing sich in einer der Binsen. Also blieb sie stehen und freute sich, *ihn* in der großen Halle der Grants am Tisch sitzend beim Frühstück zu sehen.

Thorn war hier.

Loki Grant brachte ihn und Nari jedes Jahr mit einigen anderen Burschen zur Festung der Grants, um ihrer Mutter Sela und Tante Kyla beim Aufhängen der Dekorationen zu helfen. Es war eine jährliche Tradition daraus geworden, einfach weil Loki das Julfest liebte. Ehe er vom Clan adoptiert worden war, hatte er in einem Verschlag hinter einer Schenke gehaust. Und so wusste er es sogar noch mehr zu schätzen, einen Feiertag mit der Familie zu begehen, die ihn auserwählt hatte. Er war seiner Adoptivmutter, Celestina, und Maddie stets in der Halle gefolgt, wenn sie für das Julfest geschmückt hatten, und war ihnen zur Hand gegangen, wo immer er konnte. Sie hielten dieselbe Tradition im Castle Curanta aufrecht, jedoch an einem anderen Tag, damit Loki einige seiner Leute für ein paar Tage zum Schmücken nach Grant Castle bringen konnte.

Stets gehörten Thorn und Nari zu dieser Gruppe. Auch sie waren Waisen, die vor etwa drei Jahrzehnten vom Clan adoptiert worden waren, nachdem sie den Ramsays und Grants bei der Verteidigung des Channel of Dubh, einem Netzwerk böser Männer, die Kinder auf der anderen Seite des Wassers für Geld verkauften, geholfen hatten. Männer, die Claray gequält hatten, damit ihre Mutter gefügig war. Thorn und Nari waren bei Loki Grant aufgewachsen, der sein eigenes Castle besaß, aber nichtsdestotrotz als Grant erachtet wurde.

Damals war Claray erst drei gewesen, während die Jungen sieben und acht Sommer alt waren.

Sie hatte keine Erinnerungen an diese dunkle Zeit, mit Ausnahme ihrer Albträume, die sie mitten in der Nacht heimsuchten. Doch sie würde sich lieber auf die Besucher konzentrieren als auf ihre Schlafängste. Sie straffte die Schultern, strich den dunkelblauen Rock ihres Kleides glatt und gab ihr Bestes, selbstbewusst zu erscheinen. »Guten Morgen, ihr beiden, Thorn und Nari. Ihr seid hier, um uns beim Schmücken zu helfen, nicht wahr?«

Thorn schoss von seinem Stuhl hoch und sein langes dunkles Haar war aus seinem Gesicht zurückgenommen. Naris Haar war dunkelrot, und die Farbe schien Jahr für Jahr dunkler zu werden. Als Claray noch jünger gewesen war, hatten sich alle gefragt, ob ihr rotes Haar wohl ebenfalls nachdunkeln würde, doch das war nie der Fall gewesen. Stattdessen hatten sich die Goldtöne der Sonne mit dem Rot gemischt und es sogar noch heller getönt.

Es war Thorn, der sie mit einem Lächeln auf dem Gesicht hierherführte. Thorn, der ihr Herz zum Schwärmen brachte. Das war schon viele Jahre so.

»Natürlich«, antwortete Thorn. »Wenn du etwas brauchst, Mylady, dann bitte nur darum.« Er verneigte sich kurz vor ihr. Er war nicht ganz so groß wie viele der Grant Männer, aber er hatte hart gearbeitet, was seine breiten Schultern und die schmale Taille bewiesen. Ihn anzusehen, entlockte ihren Lippen stets ein Seufzen, doch heute gelang es ihr, es zu unterdrücken.

Gleichwohl sie Thorn immer für gut aussehend gehalten hatte und sie sich einander als Kinder oft gesehen hatten, war er ihr erst als Mann aufgefallen, als sie fünfundzwanzig Sommer alt war, was beinahe sieben Jahre zurücklag. Bei einem der Herbstfeste, die von den Grants veranstaltet wurden, hatten die Teilnehmer Steine für ihre Partner gezogen, und Claray hatte Thorns ausgewählt. Ihre Aufgabe hatte darin bestanden, innerhalb kurzer Zeit die meisten Körbe mit Äpfeln zu füllen, wobei sie gegen zehn andere Mannschaften antraten. Sie fürchtete, dass er die meiste Zeit still und vor sich hin brütend verbringen würde.

Wie sie sich geirrt hatte. Thorn hatte ununterbrochen geredet und ihr gezeigt, wie sie die besten Apfelbäume finden und sie erklimmen konnte, um die Äpfel herunterzuschütteln und wie sie ihren Umhang zum Tragen der Äpfel benutzen konnte. Doch am meisten hatte sie seine süße Fürsorge beeindruckt. Er hatte sie an der Hand genommen, um ihr über schwierige Wegstellen hinweg zu helfen, und er hatte sich weitaus langsamer fortbewegt, als er musste, damit sie nicht ins Stolpern kam. Er hatte sogar mehrere wild schwingende Äste für sie abgewehrt, um sie zu schützen.

Genau wie ihr Vater, wenn sie mit ihm draußen war.

Sie hatte sich so sicher und umsorgt gefühlt, als ob eine warme Flamme ihr Inneres erhellte. Sie hatte gehofft, dass er um sie freien würde. Das Licht brannte nur noch heller, als sie bei dem Wettbewerb als Zweite abschnitten. Doch als sie Thorn zu ihrem Vater hinüberführte, um mit ihm zu sprechen, verstummte ihr vormals redseliger Begleiter abrupt. Allerdings nicht aus Unhöflichkeit – er blickte Connor Grant an, als ob er ihn mehr als jeden anderen bewundern würde … und dann ging er von ihnen beiden davon.

Aus ihrem Abenteuer hatte sich nichts weiter ergeben. Sie hatte ihre Mutter nach Thorn gefragt, und sie hatte geantwortet, dass er als außergewöhnlich schüchtern galt. Da Claray nicht gerade als dreist zu beschreiben war, hatte sie die Hoffnung um ihn aufgegeben. Soweit sie wusste, wollte er wahrscheinlich nicht die Herausforderung auf sich nehmen, einem Mädchen den Hof zu machen, welche die Festung so selten verließ. Clarays Ängste hielten sie mehr in Schach als die meisten. Im Grant Castle hatte sie zum ersten Mal Sicherheit und Schutz gefühlt und sie war von einer unbegründeten Furcht erfüllt, dass sie nie wiederkehren würde, wenn sie die Festung verließ.

Zwei Jahre später hatte sie mit siebenundzwanzig einer Verlobung zugestimmt, doch die Beziehung hatte ein tragisches Ende gefunden.

Das lag nun fünf Jahre zurück und in der Zwischenzeit waren ihre Hoffnungen auf eine Beziehung mit Thorn gestiegen und wieder gefallen. Gleichwohl er ihr jede Menge Aufmerksamkeit entgegenbrachte, hatte er sie nie zu einem Tanz aufgefordert oder zu einem Spaziergang. Und er war auch nicht zu ihrem Vater gegangen, um ihn um Erlaubnis zu bitten, ihr den Hof zu machen. Wahrscheinlich dachte er, dass sie zu alt war, denn ein unverheiratetes Mädchen von zweiunddreißig war weit über das normale Heiratsalter hinaus.

Ihre Mutter Sela lächelte ihr von einem Tisch aus zu. »Setz dich zu uns, Claray. Ich lasse dir von der Dienstmagd noch eine Schale Porridge bringen.« Andere Angehörige ihres Clans hatten sich in der Halle verteilt und plauderten vergnügt.

»Ich wäre sehr erfreut, meinen Honig mit dir zu teilen«, bot Thorn ihr an. »Ich habe viel mehr als ich brauche.«

Dann nahm er Platz und schweigend verzehrte er das Brot und den Porridge, der vor ihm stand. Die Augen auf Thorn gerichtete, beachtete sie niemanden sonst.

Sie war schon so lange an ihm interessiert, aber was sollte eine Frau tun, um einen Mann zu interessieren. Ihn direkt fragen? *Würdest du um mich freien? Hast du Gefühle für mich? Thorn, wir werden beide älter. Können wir nicht etwas arrangieren?* Doch immer fehlte es ihr an Mut, etwas zu sagen.

Und er hatte auch kein weiteres Interesse an ihr gezeigt, worauf sie sich fragte, was mit ihr nicht stimmte. Vielleicht hatte ihre Mutter recht mit ihrer Meinung über ihn und er war einfach schüchtern, denn er war älter als sie und noch immer unverheiratet.

Es war möglicherweis an der Zeit, Dyna um Hilfe zu bitten. Ihre Schwester war eine Expertin im Pläneschmieden.

»Wir werden den größten Teil des Tages dekorieren, und dann werden am Abend alle Grants zu unserem ersten Fest der Saison hinzukommen«, kündigte Sela an. »Die Spielleute werden kommen und ich werde ein besonderes Ornament aufhängen, wie wir es jedes Jahr tun.«

»Ich werde helfen, wo ich kann, Mama«, versprach Claray. »Dies ist mir die liebste Zeit des Jahres.«

Nari fügte hinzu, »Es ist die beste Zeit zum Essen. Ich hoffe, wir werden morgen auf der Jagd ein Wildschwein oder einen Hirsch erlegen. Wir werden auch auf Gänsejagd gehen. Ich muss einfach diese üppige Gans zum Julfest haben.«

Die beiden Männer plauderten darüber, welches Essen am besten wäre, doch Claray hielt den Blick auf Thorn geheftet. Hin und wieder warf er ihr ebenfalls einen Blick zu. Würde er sie mit solcher Bewunderung anschauen, wenn er nicht an ihr interessiert wäre?

Sie musste etwas unternehmen.

Thorn gab sich alle Mühe, Claray nicht offen anzustarren. Sie kannten einander schon seit der Zeit, bevor ihre Mutter Connor Grant geheiratet hatte, der nun einer der beiden Lairds der Grants war. Anfangs hatte sein Interesse an ihr darin bestanden, sie zu beschützen – die Schurken im Channel of Dubh hatten sie gefangen gehalten, als sie ein kleines Mädchen war – doch das hatte sich im Laufe der Jahre gewandelt. Er hatte verfolgt, wie sie zu einem wunderschönen Mädchen herangewachsen war, und stets gefürchtet, sie könnte einen anderen heiraten. Einmal war genau das beinahe passiert, doch eine Tragödie hatte es verhindert und sie hatte nicht geheiratet.

Er erinnerte sich, als er bei einem lang zurückliegenden Herbstfest fast sein Herz an sie verloren hatte. Es war eine seiner liebsten Erinnerungen an Grant Castle. Alles an Claray wärmte sein Herz. Ihr Gelächter, ihre unbekümmerte Art und ihre strahlende Schönheit – die sich so abhob wie ein Sonnenstrahl an einem grauen, diesigen Tag. Er wünschte nur, er hätte den Mumm, ihr das zu sagen.

Doch er hatte Angst, sich Connor Grants Tochter zu nähern. In jener Nacht hatte er vor dem großen Mann gestanden, mit Claray neben ihm, begierig, ihn um Erlaubnis zu bitten, ihr den Hof zu machen, doch seine Zunge hatte sich in einen Stein verwandelt.

Im Laufe der Jahre hatte er versucht, sich zu überzeugen sie zu freien, doch er hatte nie genügend Schneid aufgebracht. Dann war das Schlimmste passiert. Ein neuer Krieger war in die Grant Streitkräfte eingetreten und er hatte es gleich auf die einzige heiratsfähige Tochter des Lairds abgesehen.

Thorn hatte sie nur einmal zusammen gesehen, aber es hatte sich angefühlt, als wäre ein Eiszapfen vom höchsten Ast eines Baumes gefallen und mitten in seiner Brust gelandet. Nari hatte ihm erzählt, dass niemand schuld war außer er selbst. Dann hatte sich ihr Verlobter, ein Mann namens Cordell, bei einem Sturz vom Pferd das Genick gebrochen.

Nari hatte ihm geraten, ihr Zeit zum Trauern zu lassen und dann zu handeln. Dass er ein Dummkopf gewesen war, sie nicht zu umwerben. Es war sein größter Wunsch, Claray zu seiner Frau zu machen, doch seine Zweifel und Ängste hielten ihn zurück. Er fühlte sich ihrer nicht würdig. Er war bloß ein Waise, ein Krieger ohne Titel oder Anspruch und sie war die Tochter eines Lairds. Dennoch fand Thorn immer dann, wenn jemand von Lokis Burg zum Grant Clan aufbrach, eine Ausrede, um mitzukommen.

»Welche Dekorationen habt ihr für dieses Jahr ausgewählt?«, fragte Thorn in der Hoffnung, dass Claray diejenige sein würde, die ihm antwortete.

Sela ergriff das Wort zuerst. »Wir werden so viele Tannenzweige sammeln, wie wir finden können, um sie neben der Tür und auf den Tischen zu verteilen.«

Clarays Gesicht leuchtete auf. »Ich liebe es, Körbe mit Tannenzweigen und Tannenzapfen zu füllen. Ich bereite einen für jeden Tisch vor und binde rote Bänder an die Griffe. Die Kiefern schenken dem Hauptturm solch einen frischen Duft.«

»Und vergiss nicht die ganzen Blumen, die du zum Trocknen aufgehängt hast«, fügte Sela hinzu.

»Aye, meine roten Blumen sehen besonders hübsch aus, aber ich habe auch ein paar weiße und rosa Blüten, die ebenfalls reizend sind. Die Dekorationen erheitern die Halle. Meinst du nicht auch, Thorn?«

Der Blick, den sie ihm schenkte, mit leuchtend, großen Augen und leicht geschürzten Lippen, brachte ihn durcheinander. Aber er erholte sich so weit, dass er nicken konnte. »Auf jeden Fall. Ich kenne niemanden, der das Julfest so lange feiert wie ihr hier. Warum ist das so?«

Claray wippte auf ihrem Stuhl hin und her, ehe sie antwortete: »Weil Mama zum Teil Norwegerin ist, und dort wird das Julfest drei Wochen lang gefeiert. Aber Großmutter hatte mit dem Schmücken und Verteilen von Geschenken zur Julzeit angefangen. Das ist mein liebster Teil.«

Nari sagte: »Die Festessen sind mein liebster Teil. Insbesondere am Vorabend des Julfestes. Es gibt nichts Schöneres, als alle an einem Abend versammelt zu sehen.«

»Da pflichte ich dir bei«, meinte Thorn. »Gleichwohl ich Castle Curanta liebe, wäre es kein richtiges Julfest, wenn wir nicht zum Feiern nach Grant Castle kämen. Claray, du spielst wunderschön auf der Laute.«

»Ich lerne gerade ein neues Lied. Ich kann es kaum erwarten, es euch allen vorzuspielen.« Die Bemerkung war an alle gerichtet, doch ihr Blick schweifte zu Thorn, und zum ersten Mal fragte er sich, ob sie seine Gefühle erwiderte.

Noch nie zuvor hatte sie ihn so angeschaut, und schon gar nicht zweimal an einem Abend. Vielleicht hatte sie ihren Verlust inzwischen lange genug betrauert. Vielleicht würde er sie heute Abend nach dem Dekorieren und dem guten Essen ansprechen. Sie wurde nicht jünger, und er auch nicht.

Wenn sie sich für ihn interessierte, würde ihr Vater das billigen? Vielleicht war es an der Zeit, ein Risiko einzugehen.

Der große Alex Grant war nach einem unbescholtenen Leben gestorben. Kein Bedauern hatte ihm am Ende auf der Seele gelastet, was Thorn zu der Frage veranlasste, ob er genauso empfinden würde, sollte er am nächsten Tag dahinscheiden. Das würde er nicht. Sein größtes Bedauern würde Claray gelten, und dass er sie nicht umworben hatte.

Vielleicht war es an der Zeit, endlich so zu leben, wie er es sich wünschte.

KAPITEL ZWEI

A N DIESEM ABEND labten sie sich an
Lammragout mit Erbsen und Bratäpfeln zum
Nachtisch. Jemand hatte Clarays Cousine Chrissa
Zimt und Ingwer zur Hochzeit geschenkt, beide
Gewürze waren schwierig zu finden, und sie
hatte ihren Schatz mit ihnen allen geteilt.

Claray liebte Zimt auf Äpfeln. Sie aß auf allem
Zimt, sogar auf Brot. Verstohlen biss sie in ihren
Bratapfel, ehe sie ihre Mahlzeit beendet hatte,
und vor lauter Genuss schloss sie die Augen und
lächelte über die süße Mischung aus Zucker und
Zimt.

Als sie die Augen aufschlug, bemerkte sie, wie
Thorn sie anschaute. Mit einem begehrlichen
Blick, derart, dessen sie schon oft in Richtung
ihrer Schwester Dyna, Chrissa oder anderen
Mädchen in der Festung beobachtet hatte.

Doch es war schon lange her, seit irgendjemand
sie so angesehen hatte. Cordell hatte sie
bewundert, jedoch hatte er ihr nicht *dieses*
Gefühl vermittelt. Wenn überhaupt, dann hatten
Cordells Blicke sie ein wenig nervös gemacht. Sie
hatte sich für ihn interessiert, aye, aber wenn sie

ehrlich zu sich selbst war, hatte sie einer Heirat mit Cordell nur zugestimmt, weil ihre erste Wahl unnahbar gewesen war. Das musste doch etwas bedeuten, oder nicht? Seitdem hatten einige andere versucht, sich ihr zu nähern, doch keiner darunter konnte sich mit ihrem Krieger messen. Sie war überzeugt, dass Thorn für sie bestimmt war.

Claray errötete, und die Hitze verteilte sich von ihrem Kopf bis zu den Zehen, doch sie schlug den Blick nieder und löffelte ihren Eintopf zu Ende, bevor sie zu ihm zurückblickte. Ihr sank der Mut, als sie erkannte, dass er sich bereits abgewandt hatte.

»Willst du mir nach dem Essen helfen, den Kaminsims und die Treppe zu schmücken, Claray?«, fragte ihre Mutter.

»Gewiss, Mama. Wirst du auch unsere Turmkammer schmücken?«

»Aye, aber zuerst möchte ich mit der Halle fertig sein. Der Duft des Tannenholzes ist mir das Liebste bei dem Schmücken für das Julfest.«

»Genau wie Großmama«, stellte Claray fest und spürte einen Anflug von Sehnsucht nach Alex und Maddie. Schauten sie jetzt auf sie herab? »Das war auch ihr am liebsten. Immer, wenn wir die Halle schmücken, fühle ich mich ihr näher.«

Dyna kam mit ihrem Mann herein und kämmte sich die Blätter aus dem Haar. »Kommen wir noch rechtzeitig für den Eintopf?« Zwischen ihnen standen ihre beiden Mädchen Sylvi und Tora, beide in Pelze gehüllt, mit einem breiten Lächeln und kirschroten Nasen von der Kälte.

»Das hoffe ich«, meinte Derric, »Ich bin am Verhungern. Den Berg hinunterzurutschen und wieder hinaufzuklettern, macht mich immer hungrig. Ist es nicht so, süße Sylvi?« Das Kleinkind kicherte, als er sie in die Luft warf. »Papa, mach das noch einmal.«

Dyna war mit achtundzwanzig Jahren die Zweitälteste von Clarays Geschwistern. Sie hatten noch eine Schwester, Astra, die dreizehn Jahre alt war, und zwei Brüder. Hagen war einundzwanzig und Morgan war zweiundzwanzig. Claray war die Älteste der fünf und die Einzige, die Connor Grant nicht als Vater hatte.

Gleichwohl keiner ihrer Familie oder vom Clan ihr das Gefühl gab, eine Außenseiterin zu sein, konnte sie nie vergessen, dass ihre Mutter von ihrem wahren Vater missbraucht und gefangen gehalten worden war ... und er durch Connor Grants Hand den Tod gefunden hatte.

Sobald die Mahlzeit zu Ende war, erhob Thorn sich und ging hinaus. Damit hatte sie sie nicht gerechnet. Das verdarb ihr ein wenig die Laune, denn der hauptsächliche Anlass für die Freude am Schmücken hatte sie soeben im Stich gelassen.

Sie rügte sich selbst für ihre oberflächliche Art und stand auf, um ihrer Mutter zu folgen, die sie zu einem weit entfernten, mit Tannenzweigen überhäuften Tisch führte. Ihre Mutter trat zu ihr und meinte: »Du könntest mit Dyna die Zweige zerkleinern, während die anderen Mädchen an den Bändern und Körben arbeiten.«

Claray blickte zu den anderen und es überraschte sie nicht, ihre jüngere Schwester

Astra mit ihren Cousinen Chrissa, Maryell und Merelda zu sehen. Die drei hatten sich immer zusammengetan, und obwohl ihre Possen amüsant sein konnten, passte Claray nicht zu ihnen. Sie war zu alt. Trotzdem Chrissa erst vor kurzem geheiratet hatte, würde es viel Gekicher über die Burschen geben, zumal Chrissa sich jetzt eigenständig zur Heiratsvermittlerin für die restliche Gruppe bestimmt hatte.

Dyna setzte sich zu ihr an den Tisch und meinte: »Hör auf, sie so anzuschauen. Wenn du wolltest, würdest du gut mit ihren harmonieren. Aber du musst es versuchen.«

Wie sehr sie Dynas Fähigkeit hasste, stets ihre Gedanken zu durchschauen. »Manchmal, ja. Manchmal, nein. Chrissa und du seid jetzt verheiratet, und ich bin die Älteste und allein.«

»Das weiß ich, Claray«, entgegnete Dyna, die sich einen Kiefernzweig schnappte und ihn mit ihrem Dolch in kleinere, biegsamere Stücke zerteilte. »Es tut mir sehr, sehr leid, dass du Cordell verloren hast, ehe du ihn heiraten konntest, aber er ist vor fünf Jahren gestorben. Es ist für dich an der Zeit, an einen Neuanfang zu denken.«

Claray liebte es, zuzusehen mit welcher Geschicklichkeit Dyna den Dolch führte und ihre Zielobjekte so schnell und präzise wie jeder Mann zerteilte. Und doch hatte sie wenig Interesse daran, diese Kampfkunst zu erlernen. Ihre Mutter hatte zu ihr gemeint, es läge wahrscheinlich an den zahlreichen Kämpfen, die sie in jungen Jahren schon erleben musste, doch der Gedanke, einen Dolch oder einen Bogen in der Hand zu halten, machte sie krank. Zum Glück hatten weder ihre Mutter noch ihr Vater sie dazu gedrängt, jedoch beobachtete sie die anderen dennoch mit schierer Bewunderung. Warum konnte sie nicht ein bisschen mehr wie ihre Schwester sein?

»Cordell?«, murmelte sie. »Cordell hält mich nicht zurück.« Er war ein guter Mann gewesen, ein umgänglicher Mann, und sie vermisste die Gespräche mit ihm. Sein Lächeln. Der Schrecken seines Todes würde ihr unvergesslich bleiben, und doch hatte sie ihn nicht auf die Weise geliebt, wie sie sich stets gewünscht hatte, einmal ihren Ehemann zu lieben.

»Bist du sicher?«, fragte Dyna und forschte eingehender, als es Claray lieb war. »Hast du nicht gesagt, du liebst ihn?«

»Ich weiß, das habe ich gesagt, aber ...«

»Aber was?« Dyna hielt in ihrem Tun inne, um sie anzuschauen.

»Nun, er war nicht ... ich ... ich war nicht wirklich in ihn verliebt. Ich dachte, ich wäre es, aber ich hatte mich geirrt.« Verdammt, sie wünschte, sie hätte dies nicht gesagt, denn Dyna war viel zu klug und würde genau ergründen, was das bedeutete. Der einzige Grund, warum sie an ihrer Liebe zu Cordell zweifelte, waren ihre Gefühle für Thorn, die viel stärker zu sein schienen. Doch was wusste sie schon von Liebe?

»Wer?«, fragte sie und schaute sie aus schmalen Augen an.

»Wer was?«

Natürlich ließ Dyna sich nicht so leicht

abwimmeln.

»Wer. Ist. Er?«, fragte sie, wobei sie jedes Wort betonte.

Voller Absicht schnaubte Claray, um ihrer Schwester verständlich zu machen, wie sehr es sie ärgerte, dass sie sie durchschaut hatte. »Ich weiß nicht, wovon du sprichst.«

»Aye, das weißt du ganz genau. Es steht dir ins Gesicht geschrieben. Du glaubst jetzt, jemanden zu lieben, denn sonst hättest du nicht gemerkt, dass du Cordell nie geliebt hast. Wer ist er also? Vielleicht hast du ja eine Chance bei ihm. Sag es mir«, forderte sie, und ihre Augen wurden leuchtender. »Ich werde dir helfen, ihn zu erobern. Ich werde eine Lösung finden.«

Auf keinen Fall brauchte sie ihre Schwester, die Thorn einen Dolch an die Kehle hielt und ihm einen Schnitt androhte, wenn er sie nicht küsste … auch wenn der Gedanke an einen Kuss von ihm ihre Knie weich werden ließ. Ihre Stimme war nicht mehr als ein leises Stöhnen. »Nein, bitte, Dyna. Ich brauche deine Hilfe nicht. Wenn ich bereit bin, es ihm zu sagen, werde ich das selbst tun.«

»Natürlich wirst du das«, entgegnete Dyna trocken und verschränkte die Arme. »Ich kenne dich. Du wirst keinen Ton sagen, in der Hoffnung, dass er sich dir nähert, aber er weiß nicht, was du empfindest. Du liebst ihn schon eine Weile, wette ich, und hast nie etwas gesagt. Ich warne dich, das ist kein guter Weg, dein Leben zu führen. Du kannst nicht herumsitzen und darauf warten, dass andere etwas unternehmen. Das musst du selbst tun.«

Claray zuckte mit den Schultern, doch zum Glück kam ihre Mutter ihr zu Hilfe.

»Hier sind noch ein paar Äste.« Mama betrachtete ihre Arbeit prüfend und nickte zustimmend. »Dyna übertrumpft dich, Claray. Was geht dir im Kopf herum?«

»Nichts. Ich genieße nur die Jahreszeit, den Duft der Kiefern und die ganze Familie versammelt …« Ihre Stimme erstarb. Denn über Familie und das Zusammensein zu sprechen, erinnerte sie an die sehr bedeutende Person, die sie dieses Jahr vermissen würden.

»Wir alle haben Großpapa angebetet«, meinte Mama leise, »aber wenn du wie ich an den Himmel glaubst, dann wirst du wissen, dass er mit Großmutter glücklicher ist.«

»Und Onkel Jake, Tante Aline, Onkel Robbie und Tante Caralyn und Onkel Quade. Viele von unserer Familie sind dort. Er ist nicht allein.«

Wieder vernebelten ihr Tränen ihre Sicht, was sie liebend gern verhindern wollte. »Aye, das tue ich, aber ich wollte, dass er noch für ein letztes Julfest unter uns weilt.«

»Das haben wir uns alle gewünscht.« Ihre Mutter küsste sie auf das Haupt und diese Geste spendete ihr immer Trost.

Derric kam mit einer Schale Eintopf herüber und war bereits dabei, etwas davon in seinen Mund zu löffeln. »Ich freue mich für den Mann. Ich weiß, er ist nicht mein Großvater, aber ich habe gesehen, wie er zum Ende hin große Schmerzen hatte. Ich bin überrascht, dass er sie so gut vor euch allen verborgen hat. Seine Knochen hatten ihm jeden einzelnen Tag Schmerzen bereitet. Es ist der Stolz eines Mannes, nicht auf andere angewiesen zu sein.«

»Ich hätte ihn gepflegt, selbst wenn er den ganzen Tag im Bett hätte verbringen müssen«, antwortet Claray darauf.

Dyna zog die Augenbrauen hoch. »Das hätte Großvater nicht gewollt und ich glaube, das weißt du.«

Claray griff nach einem weiteren Zweig in dem Haufen vor ihr, und fühlte plötzlich, wie etwas über ihre Hand streifte. Sie schrie auf und sprang zurück, wobei sie die Hand mit der anderen schützend bedeckte, während ihre Mutter die offenen Handfläche mit einem lauten Knall auf den Tisch schlug und Dyna das Gleiche tat.

»War es ...?« Claray hatte eine große Furcht vor Spinnen, die mit den Jahren nicht geringer geworden war.

»Aye«, meinte ihre Mutter. »Diese ist tot.« Sie wischte die tote Kreatur in den Sack, in dem sie den Abfall sammelten, und dann tat Dyna das Gleiche mit derjenigen, die sie erschlagen hatte.

»Bist du sicher, dass sie nicht wieder rauskommen werden? Ihre Beine ausstrecken und wieder zu kriechen anfangen?«

»Keine der beiden wird je wieder kriechen«, versicherte Dyna.

Als Claray gerade drei Sommer alt war, waren ihre Mutter und sie mit Spinnen gequält worden. Ein grausamer Mann hatte die beiden in eine winzige Kammer gesperrt und einen Sack mit

Spinnen freigelassen, um sie beide leiden zu lassen, damit Sela sich seinen Befehlen fügen würde. Claray hatte keine Erinnerung an das Ereignis, jedoch hatte sie eine schreckliche Angst vor Spinnen zurückbehalten. Ihr Anblick drang in die hintersten Winkel ihres Verstandes und versetzte sie in einen fast kindischen Angstzustand. Gelegentlich wurde sie von Albträumen heimgesucht, deren Häufigkeit im Laufe der Jahre allerdings abgenommen hatte. Nur Dyna wusste, wie sie zu beruhigen war, wenn sie diese schrecklichen Träume hatte.

Alle wussten, was sie erlitten hatte, und respektierten ihre Angst.

Insbesondere Thorn.

Claray erschauderte, gerade als die Tür aufflog. Thorn stand da und machte große Augen. »Claray? Was ist denn passiert? Ich habe dich schreien gehört.«

Ihre Mutter zog eine Augenbraue hoch und schaute zu Dyna, ehe sie ihren Blick auf Claray richtete. Doch das nahm Claray kaum wahr. Ihr Blick war auf Thorn geheftet. Er war zurückgekehrt, um sie zu retten und deshalb zerging ihr das Herz ein wenig.

»Ich bin wohlauf, Thorn. Es waren nur ein paar Spinnen.«

»Hat jemand sie erschlagen? Falls nicht, werde ich sie suchen und für dich töten.«

»Mama und Dyna haben sich darum gekümmert, aber danke für deine liebe Fürsorge«, entgegnete sie, wobei sie ihm in die Augen schaute, was ihre Wangen wieder rosig anlaufen ließ.

Thorn nickte knapp und dann machte er kehrt und ging, um mit Connor zu sprechen, wobei er ihr einen Blick zurück und ein Lächeln schenkte, das ihr Herz zum Flattern brachte.

Dyna hatte Thorn den Rücken zugekehrt und flüsterte: »Er ist es, nicht wahr?«

Die Belustigung auf dem Gesicht ihrer geliebten Schwester verriet ihr, dass Dyna diese Episode nicht so rasch vergessen würde. Wahrscheinlich würde sie sie sogar so lange drangsalieren, bis sie mit der Wahrheit herausrückte, weshalb sie dies auch gleich hinter sich bringen konnte.

»Aye, es ist Thorn.«

»Gute Wahl, Claray. Jetzt kann ich dir helfen.«

Claray freute sich zwar über Dynas Zustimmung, jedoch hatte sie ihre Hilfe gar nicht gewollt. Was würde sie jetzt unternehmen?

KAPITEL DREI

THORN WUSSTE, IN welchem Ausmaß Clarays Furcht vor Spinnen sie manchmal lähmte. Wie sehr er sich wünschte, dem Leben des Mistkerls ein Ende machen zu können, der ihr das angetan hatte, doch er war dankbar, dass Connor den Mann schon vor Jahren getötet hatte.

Connor warf ihm einen abwägenden Blick zu. »Du benimmst dich recht beschützend gegenüber Claray. Du solltest ihr häufiger helfen.« Dann machte er sich auf den Weg nach draußen. »Ich gehe die Tore kontrollieren. Schön, dass du hier bist, Thorn.«

Thorn kam nicht umhin, einen kleinen Hoffnungsschimmer zu spüren. Hatte Connor seine Nähe zu Claray tatsächlich gebilligt? All die Jahre hatte er Connor für den unerschütterlichsten, gutherzigsten und bewundernswertesten Mann von allen gehalten. Stets hatte er versucht, ihn zu beeindrucken, wann immer sich die Gelegenheit dazu bot, aber diese waren rar gesät.

Nach Thorns Ansicht war Connor noch immer der Mann, der ihn in South Berwick gerettet hatte. Er war von den Männern des Channel of Dubh entführt worden, und Connor hatte die Bande wegen ihm verfolgt ... wegen ihm! ... und ihn vor einem unsäglichen Leben voller Qualen bewahrt. Gleichwohl die Dauer seiner Gefangenschaft nur kurz bemessen war, hatte er sich hilflos und unendlich allein gefühlt. Dann hatte er über die Schulter geschaut und gesehen, wie Connor auf einem riesigen Schlachtross auf ihn zugeritten war. Er hatte Thorn beim Kragen gepackt und ihn mit seiner schieren Kraft vom Pferd des bösen Schurken gerissen. Thorn erinnerte sich, wie er durch die Luft flog und auf seinem Pferd landete.

Aye, wenn Nari und er nicht Connor Grant und Gregor Ramsay getroffen hätten, wäre ihr Leben weitaus trostloser gewesen. Für Thorn waren sie die beiden größten Helden aller Zeiten.

Nie würde er an die Größe des zweiten Lairds des Grant Clans heranreichen. Doch gerade eben hatte er ein wenig Anerkennung erhalten. Vielleicht würde Connor ihn abermals retten.

Ein seltener Anflug von Kühnheit veranlasste ihn zu den folgenden Worten: »Claray, möchtest du einen Spaziergang machen? Es ist eine schöne Nacht, eine seltene Nacht, in der alle Sterne zu sehen sind.«

Claray wirkte, als könnte sie nicht schnell genug hinauskommen. »Natürlich, sehr gerne.« Er konnte sehen, wie Dyna etwas flüsterte und sie damit verärgerte, und somit war seine Wahl des Zeitpunkts seinerseits gut gelungen. Ihm gefiel ihre bereitwillige Zustimmung.

Er wusste, welcher Umhang der ihre war, da

ihm aufgefallen war, wie hübsch sie in dem dunkelgrünen Stoff aussah, und so nahm er ihn vom Haken an der Wand, hielt ihn ihr hin, um sie fest einzuwickeln, ehe er ihr die Tür aufhielt.

Als sie im Freien waren, rückte er ein wenig näher an sie heran und legte einen Arm um sie, worauf sie zu seiner Überraschung nicht zurückwich. Doch nachdem er sie aus Ungeschicklichkeit dreimal angerempelt hatte, ließ er den Arm sinken und fasste stattdessen nach ihrer Hand. »Zu dieser Jahreszeit muss ich immer an deine Großmutter denken.«

Claray erstrahlte augenblicklich. »Aye, ich erinnere mich daran, wie liebevoll sie alles im Hauptturm arrangiert hat. Von allen Kindern hat sie kleine Dekorationen anbringen lassen, und sich nicht daran gestört, wenn sie ein wenig schief waren. Sie ließ sie so, wie jeder es sich wünschte. Einmal hat sie uns mit Beeren Gesichter auf Tannenzapfen machen lassen. Alle seien wunderschön, hatte sie behauptet.«

«Das waren sie, da bin ich sicher«, versicherte er und nahm ihre Hand in seine, um sie zu wärmen.

»Nein, das waren sie nicht. Aber für Großmama war alles schön, was wir geschaffen haben. Stets hat sie uns Bilder malen lassen, wie in ihren Märchenbüchern, doch wir haben jedes Mal ein Desaster daraus gemacht.«

»Ich glaube, mich an etwas Ähnliches zu erinnern, gleich nachdem Nari und ich zum Clan Grant kamen. Sie war solch eine liebenswürdige Frau. Ich dachte, sie sei ein Engel.«

»Thorn, darf ich dir eine Frage stellen, die dir

vielleicht Unbehagen bereitet?«

Nie zuvor hatte er so offen mit ihr gesprochen, doch es gefiel ihm sehr. Er wollte nicht, dass es aufhörte, entschied er. »Gewiss«, antwortete er, »und ich werde antworten, wenn ich das kann.« Er entdeckte eine Bank im Garten und führte sie dorthin.

»Was ist deinen Eltern zugestoßen?«

Thorn seufzte und schaute in den mondbeschienenen Himmel hinauf, ehe er antwortete: »Ich habe meine Mama nie gekannt. Papa erzählte mir, sie sei bei meiner Geburt gestorben. Als ich sieben Sommer alt war, fuhr mein Vater zur See und kehrte nie wieder zurück. Naris Vater fuhr ihm nach, und auch er kehrte nie zurück. Es heißt, die Männer von Dubh hätten Papa geschnappt und ein Wildschwein Naris Vater – eine glatte Lüge.« Zusammen mit Nari hatte er sich auf den folgenden Reisen nach Edinburgh mit Loki hin und wieder auf die Suche nach ihnen gemacht, jedoch hatten sie nie etwas über die beiden Männer herausgefunden. Nach einiger Zeit hatte er es aufgegeben.

Dennoch nagte die Sache gelegentlich an ihm. Was, wenn sein Vater noch lebte?

»Die bösen Männer von Dubh. Wie entsetzlich für dich. Es tut mir leid«, flüsterte sie und streckte ihre Hand aus, um seine Wange zu streicheln, ehe sie sie rasch wieder sinken ließ. »Hast du manchmal das Gefühl, als würdest du nicht hierhergehören, zum Grant Clan?«

Er konnte an der Art, wie sie die Frage stellte, erkennen, dass sie sich selbst so gefühlt hatte.

Also zauderte er nicht mit seiner Antwort: »Ja. Das ist mehr als einmal passiert. Einmal bin ich aus einem Traum aufgewacht, in dem ich meinen Papa in Edinburgh gesehen habe. Er rief nach mir, doch ich konnte nicht zu ihm gelangen. Zuerst hielt ich es für ein Zeichen, das mir sagte, nach Edinburgh zu gehen. Nari überzeugte mich, dass ich das nur geträumt hätte, weil ich meinen Vater vermisste.«

»Er ist dir ein guter Freund. Es muss schön sein, jemanden bei sich zu haben, der ähnliche Erfahrungen gemacht hat ... jemanden, mit dem man über alles reden kann.«

Wieder hatte er das Gefühl, als spräche sie von ihren persönlichen Erfahrungen. Dass sie auf eine gewisse Weise einsam war, die er nicht wahrgenommen hatte. Er fasste nach ihrer Hand und drückte sie, da er wusste, wie schwer ihr junges Leben gewesen war.

»Er ist bodenständiger als ich. Immer wieder erteilt er mir kluge Ratschläge.« Er neigte den Kopf zurück, um zu den Sternen aufzuschauen. »Siehst du, wie hell die Sterne heute Abend sind?«

Sie schaute auf und schnappte nach Luft. »Ich hatte ja keine Ahnung. Ich gehe nachts nicht so häufig hinaus. Mir ist auch vor der Dunkelheit ein bisschen bange. Am besten gefällt mir jener Stern dort in der Ferne. Es ist der hellste von allen.«

Er war von ihren Worten ergriffen – ihm war der Gedanke zuwider, dass jemand ihr wehtun könnte –, doch zu den Dingen, die er an Claray am meisten mochte, gehörte ihre innere Glückseligkeit und ihr Licht. Trotz allem Ungemach, das ihr widerfahren war, war sie fröhlich und unschuldig geblieben. Also antwortete er: »Aye, und mir gefallen die, die zusammen wie ein Bär aussehen. Kannst du sie finden?«

»Wo? Ich sehe sie nicht?«

»Dort drüben.« Er lehnte sich näher heran und schmiegte die Wange an ihre. Sie duftete nach Kiefer und Zimt. Ein plötzliches Verlangen überkam ihn, und er drehte sich langsam zu ihr um. »Claray, darf ich dich küssen?«

Sie errötete und nickte, während ihr Blick zu seinen Lippen wanderte.

Er beugte sich vor und legte seine Lippen auf die ihren, wobei er überrascht war, wie kalt sie waren, jedoch war es auch eine kühle Nacht. Mit der Zunge drückte er vorsichtig gegen den Spalt zwischen ihren Lippen und brachte sie dazu, sich ihm zu öffnen, worauf er in die Wärme ihrer Mundhöhle glitt und den Zimt schmeckte, den sie so liebte. Sie ahmte seine Bewegungen nach, und er zog sie enger an sich heran, wobei er den Mund schräg über ihren neigte. Als er den Kuss beendete, hob er den Kopf und war über den lodernden Ausdruck überrascht, der in ihren Augen zu sehen war. Beide waren sie ein bisschen außer Atem.

»Vielleicht bin ich zu forsch«, meinte er, denn es schien, dass er das sagen sollte. »Verzeih mir, wenn ich zu weit gegangen bin.«

Sie schüttelte den Kopf, und bot ihm dabei die Lippen dar, als wünschte sie, er möge den Kuss wiederholen, und er stieß den angehaltenen Atem aus.

»Ich bin froh, dass du mich geküsst hast«, gestand sie einen Moment später. »Das habe ich mir immer gewünscht.« Sie schlug den Blick nieder, bis sie auf ihre Füße sah, und das zauberte ein kleines Lächeln auf seine Lippen.

»Das freut mich, Claray. Wärst du gewillt, dich von mir freien zu lassen? Ich meine, ich bin mir nicht ganz sicher, wie ich es anstellen soll, da wir nicht mehr jung sind.«

»Ich bin zweiunddreißig, und du musst fünf Jahre älter sein als ich.«

»Sieben und dreißig, das ist richtig. Ich ... ich habe immer gehofft, zu heiraten.« *Dich zu heiraten*, hätte er sagen können, aber er wollte sie nicht überfallen. Immerhin war sie verlobt gewesen, und gleichwohl seit Cordells Tod einige Zeit vergangen war, nahm er an, dass die Wunde noch nicht ganz verheilt war.

»Mir ergeht es ebenso, Thorn, und ich würde mich freuen, wenn du mir den Hof machen würdest.«

»Soll ich deinen Vater um Erlaubnis bitten?«

»Er wird sie dir erteilen, da bin ich sicher.«

»Aber wir sollten auf die Möglichkeit vorbereitet sein, dass er mich ablehnt«, gab er mit langsamer Stimme zu bedenken, wenngleich ihm die jüngste Begegnung mit Connor mehr Hoffnung machte, als er zuvor besessen hatte.

Sie legte den Kopf schief und musterte ihn, wobei ihr prächtiger Zopf einen Heiligenschein um ihren Kopf bildete. »Warum sollte er das tun?«

»Ich bin nicht von edlem Blut.«

»Thorn, das ist das Dümmste, was ich je gehört habe. Ich bin auch nicht von edlem Blut.«

»Aber du bist die Tochter des Lairds, und ich bin nur ein einfacher Krieger.«

»Ich habe keinen Zweifel daran, dass er dir die Erlaubnis erteilen wird.«

»Claray!«, wurde sie von einer scharfen Stimme gerufen, die durch die frische Luft kalt klang.

»Aye?«

Zusammen erhoben sie sich von der Bank, und Thorn trat vor sie, als wolle er sie beschützen. Es war eine Handlung, über die er nicht nachdachte, gleichwohl diese Geste im Burghof der Grant Festung wahrscheinlich unnötig war, zumal der Rufende Clarays Namen genannt hatte.

»Bist du allein hier draußen?«, bellte die Stimme, worauf Thorn sie dann erkannte. Connor Grant. Er kam um die Ecke und blieb stehen. »Ach, Thorn. Du bist es nur.« Er schaute die beiden einen Augenblick an, wie Thorn ein wenig vor Claray postiert war und Clarays Hand auf seiner Schulter ruhte, ehe er die Augenbrauen hochzog. »Ist es das, was es zu sein scheint?«

»Was scheint es zu sein, Mylord?« Gleichwohl er ein Mann von siebenunddreißig war, zitterten ihm die Hände ein wenig, als Connor sich vor ihm auftürmte und ihn so eindringlich ins Visier nahm. Es war in Wahrheit keine Angst vor Connor, sondern Angst davor, abgewiesen zu werden. Er hatte diesen Mann immer hochgeachtet.

Ein Lächeln huschte über das Gesicht des großen Mannes, um rasch wieder zu verschwinden.

»Claray, du siehst aus, als ob du ordentlich geküsst worden wärst. Gleichwohl ich darum weiß, wie persönlich dies ist, bist du meine Tochter und deine Mutter würde von mir erwarten zu fragen.«

Thorn räusperte sich und setzte zum Sprechen an: »Ich würde Eurer Tochter gern den Hof machen, Mylord. Würdet Ihr meine Bitte bewilligen?« Wenn er vorhin schon gedacht hatte, seine Hände würden zittern, war das nichts im Vergleich zu dem starken Beben, das sie nun schüttelte.

Connor Grant fasste ihn an der Schulter. »Warum hast du so lange gebraucht?«

KAPITEL VIER

CLARAY WAR SO glücklich, dass sie zu den Sternen hinaufrufen wollte, doch es gelang ihr, sich zu beherrschen, als sie mit Thorn und ihrem Vater zum Hauptturm zurückging.

Sobald sie eingetreten waren, half Thorn ihr aus dem Umhang und dann klatschte ihr Vater in die Hände und fragte in die Runde: »Ratet mal, wer gerade um Erlaubnis gebeten hat, meiner Tochter den Hof zu machen.«

Alle Augen richteten sich auf sie und Thorn, der rasch nach ihrer Hand griff und mit dem Daumen über die zarte Haut auf ihrem Handrücken rieb, was sie merkwürdig beruhigend fand. Sie wünschte, sie könnte das Erröten aufhalten, das ihre Haut und ihre Sinne befiel, doch das wollte ihr nicht gelingen.

Dyna stieß ein lautes Johlen aus und klatschte in die Hände, während ihre Mutter nickend bemerkte: »Ich bezweifle nicht, dass er dich geneckt hat, Thorn, aber ich gebe von ganzem Herzen meine Zustimmung. Du hast dir ein prächtiges Mädchen ausgesucht, aber sie hat auch ein empfindsames Herz. Bitte vergiss das nicht, und jetzt kommt beide her und helft uns.«

Tante Kyla trat mit einem Tablett voller Kelche mit warmen Zider ein. Alick und Branwen kamen aus ihren Kammern oben und gesellten sich mit ihren beiden kleinen Jungen und dem neugeborenen Mädchen zu ihnen, das an der Brust ihrer Mutter ruhte.

»Was feiern wir?«, fragte Alick. »Abgesehen vom Julfest. Ich merke, dass sich etwas ereignet hat.«

»Claray und Thorn sind ein Paar«, antwortete Dyna.

»Das hätte schon vor langer Zeit passieren sollen«, stellte Derric mit einem Grinsen fest. Er vertilgte einen Apfel aus dem Korb, der auf einem der Tische stand.

Dyna schaute ihn an. »Hörst du je auf zu essen?«

Mit einem Grinsen entgegnete er: »Ich glaube nicht, dass es dich freuen würde, wenn ich das täte.«

»Was bedeutet das?«

Er aß den Apfel auf und warf den Strunk ins Feuer. »Wenn ich nicht esse, jage ich dir nach.« Dann begann er, ein Spektakel daraus zu machen, sie durch die Halle zu scheuchen und ihre Verspieltheit zauberte auf jedes Gesicht ein Lächeln. »Lauf, Mama!«, rief ihrer älteste Tochter, Sylvi.

Die kühne Tora wartete, bis ihre Mutter vorbeigelaufen war, und dann trat sie mit ihrem Spielzeugbogen vor ihren Vater und zielte auf ihn. Derric blieb stehen, schloss die Augen und fasste sich theatralisch ans Herz, ehe er seine Tochter mit einem Knurren in die Luft hob, worauf ein helles Kreischen der Kleinen folgte.

»Gut gemacht, Mädchen«, lobte Dyna ihre Töchter mit einem Lachen.

Claray schaute ihnen mit einer Eifersucht zu, die sie beschämte. Oft wurde sie gerufen, um mit ihrer Mutter die kleinen Mädchen zu betreuen, so wie Tante Kyla auf Alick und Branwens drei Nachkommen aufpasste. Gleichwohl sie ihre Nichten anbetete, wünschte sie sich, ein eigenes Kind zu haben.

Würde das in ihrem fortgeschrittenen Alter möglich sein? Als Allererstes müsste sie ihren Ehemann dazu haben.

Mama schüttelte den Kopf über ihre Possen und fuhr mit ihrer Arbeit fort. »Claray und Thorn, kommt und helft mir, diesen Strang aus Zweigen und Kiefernzapfen über der Tür aufzuhängen, wo jeder in der Halle ihn sehen kann.«

Irgendjemand hatte bereits die Leitern herbeigeholt und Papa stellte sie zurecht, ehe er ankündigte: »Ich werde die Tür bewachen, damit niemand über euch stolpert.« Er zeigte auf ihre Cousine, die auf der anderen Seite der Halle stand. »Alick, halte bitte die Leiter für einen Moment fest.« Dann verschränkte er die Arme und lehnte seine große Gestalt gegen die Tür, während Sela hinaufkletterte.

Tante Kyla stellte die andere Leiter am anderen Ende des Raumes auf, und ehe sie hinaufklettern konnte, war Dyna an ihrer Stelle bereits die Sprossen hinaufgeeilt. Derric reichte ihr den Strang Immergrün hinauf, sodass beide Frauen die Enden fassen konnten, um sie um die Haken zu winden, die von der Decke hingen. Sie ließen sie jedes Jahr dort, um sie das folgende Jahr wieder für die Dekorationen zu verwenden. Thorn ging hinüber, um Dynas Leiter zu halten.

Claray konnte die Tränen nicht zurückhalten, die ihr in die Augen traten, als sie vortrat, um Dyna einen weiteren Bausch aus Bändern zum Festbinden an die Stränge zu reichen. »Großvater sagte, Großmutter sei die Erste gewesen, die um die Haken gebeten hatte. Onkel Robbie und er hatten die Haken für sie gefertigt, damit die Dekorationen jedes Jahr wieder mühelos angebracht werden konnten.«

Und jetzt waren sie alle fort. Fort, aber nicht vergessen.

»Und du kannst sicher sein, dass Großmama uns von oben zuschaut«, bemerkte Tante Kyla mit einem schnellen Nicken zum Himmel. »Dieses Jahr ist sie allerdings glücklicher, weil Papa jetzt bei ihr ist.«

Ihr Kommentar war ganz ähnlich, wie der Gedanke, den Claray für sich gedacht hatte, worauf sie eine Woge des Trostes verspürte.

Tante Gracie kam herunter und gesellte sich zu Maryell und Merelda, die etwas abseits standen und zusammen mit Chrissa die Körbe füllten. »Ich bin hier, um mit den Kerzen zu helfen. Alles muss perfekt sein, weil Onkel Brodie und Tante Celestina versprochen haben, dieses Jahr mit Braden und Cairstine zu kommen. Ich kann es kaum abwarten, Roddy und Rose mit all ihren Kindern zu sehen. Ich denke, sie werden mit Braden reisen. Meiner Vermutung nach werden auch Daniel und Constance hier sein. Wir müssen um gutes Wetter beten, damit sie alle wohlbehalten ankommen.« Dann seufzte sie. »Onkel Brodie erinnert mich an Papa. Ich hoffe, sie kommen.«

»Ich empfinde genauso«, stimmte Tante Kyla zu. »Er sieht wie Papa aus. Tante Brenna sieht wie Tante Jennie aus und Onkel Brodie wie Papa. Onkel Robbie ist eine Mischung aus allen.«

Maeve kam von der Küche her in die Halle gestürmt. Dies war ihr liebster Ort, da sie es liebte, süße Leckereien für die Feiertage zu backen. »Habe ich Daniels Namen vernommen?«

Claray hielt ihr Kichern zurück, und dann beugte sie sich vor, um Thorn aufzuklären. »Maeve hat immer schon für Daniel geschwärmt.«

Thorn schaute zu ihr zurück und fragte: »Warum? Er ist verheiratet und sie ebenfalls.«

Claray lächelte. »Niemand weiß warum und ehrlich gesagt, kümmert es auch niemanden. Wir lächeln immer darüber, sogar Constance. Sogar ihr Ehemann hält dies für amüsant, weil es angefangen hatte, als sie noch jung gewesen waren.«

Die Gruppe fuhr mit dem Dekorieren fort und schmückte den Hauptturm mit Bögen, Bändern und Kerzen. Tannenzweige und Körbe zierten jeden Tisch. Sie waren gut vorangekommen, als Loki die Tür öffnete und seinen Kopf hereinsteckte. »Connor, wir sind mit dem Reparieren der Stallungen fertig. Wir haben sehr lange gearbeitet, und ich bin bereit, aufzuhören, aber wir können noch einen schaffen. Wenn du dieses Häuschen instand gesetzt haben möchtest, habe ich vier Männer für dich zum Helfen.« Er schaute zu Thorn und zog die Augenbrauen hoch. »Wenn dieser hier gewillt ist, hinauszugehen.«

Thorn nickte und dann schaute er zu Claray. »Es tut mir leid, Mädchen, aber ich muss gehen.« Dann fragte er Loki: »Welches Häuschen?«

»Magnus und Ashlyns Häuschen. Das Dach ist alt und muss ersetzt werden. Wir brauchen Nari und dich, um das Stroh zu bündeln und hinaufzuklettern, um es zu befestigen. Ihr beiden seid die erfahrensten Dachdecker, und ich habe es Magnus versprochen, weil er sich beschwert hat, dass es zu stark leckt. Glücklicherweise scheint der Mond, weshalb es recht hell ist, um gute Sicht zu gewähren. Wir werden auch ein Feuer anzünden.«

»Ich gehe besser und helfe.«

Ihre Besorgnis, die nie weit unter den Oberfläche lauerte, überkam sie. Was, wenn er wie Cordell bei einem Unfall ums Leben kam? »Bitte sei vorsichtig, Thorn.«

»Das werde ich.« Thorn ging mit Loki und als die Tür sich weiter öffnete, dachte sie, einen Blick auf seine Freunde von Castle Curanta zu erhaschen. Nari natürlich, und Kenzi und Gillie. Noch einmal schaute Thorn lächelnd zu ihr zurück.

Wie sehr sie doch hoffte, dass er nicht verletzt wurde.

Sobald sie alle ihr Pferde ausfindig gemacht hatten und anfingen, auf ihrem Weg zu Magnus´ Häuschen aus den Toren hinaus zu reiten, stieß Loki einen leisen Pfiff aus. »Ratet mal, was ich gerade erfahren habe.«

»Ich denke, ich weiß es«, antwortete Kenzi mit einem Grinsen, »und das sind meiner Ansicht nach wundervolle Neuigkeiten.«

»Was?«, fragte Gillie.

Konnten sie eventuell etwas von Claray wissen? Keiner von ihnen hatte ihrer Unterhaltung in der großen Halle beigewohnt, aber Klatsch verbreitete sich rasch.

Das bestätigten Lokis nächste Worte. »Thorn und Claray sind beinahe verlobt.«

Sie alle drehten sich um und schauten Thorn an, um dann während ihres Ritts zu johlen und zu feixen. Er spürte, wie seine Wangen erröteten, doch seine hauptsächliche Sorge galt Nari. Er hätte ihm die Neuigkeit lieber vor allen anderen gesagt.

Als ob er Thorns Gedanken erraten könnte, meinte Nari: »Es wird auch langsam Zeit. Du bist lange genug an ihr interessiert.«

»Gut gemacht, Thorn«, fügte Loki hinzu. »Du hast dir eine gute Frau ausgesucht. Wir lieben es, uns lustig zu machen, aber ich freue mich für dich.« Dann lachte er und neckte ihn. »Glaube nicht, dass du hier draußen sein kannst, ohne dass alle in den Stallungen wissen, worauf du aus bist. Jemand hatte Connors Unterhaltung mit dir belauscht.«

Sie fanden ihren Weg zu Magnus und waren

nicht überrascht, einige weitere Männer dort zu sehen, die zur Hilfe gekommen waren. Einer darunter war Jamie, der andere Laird des Grant Clans. Sie trugen große Mengen Gras heran und stapelten, was sie konnten, in einem Bereich auf. Der Clan behielt immer etwas auf Lager.

»Ich werde meine Männer beaufsichtigen«, meinte Loki. »Lass die jungen Burschen die harte Arbeit erledigen.«

»Kluger Mann«, stellte Jamie fest. »Ich bin froh, dass du noch ein paar gebracht hast. Wir brauchen sie, wenn wir bald fertig werden wollen.«

Thorn und Nari waren flinker als die anderen, also kletterten sie schließlich auf das Dach und banden die frischen Büschel am Dachgerüst fest. Sie konnten von den anderen nicht belauscht werden, die damit beschäftigt waren, das Fundament mit großen Steinen zu befestigen, worum Magnus sie gebeten hatte.

»Du hast also Connor gefragt?«, wollte Nari wissen. »Ich dachte, du würdest nie den Mut dazu aufbringen.«

Magnus rief zu ihnen herauf. »Macht es dick und fest. Ich will keinen Regen oder Schnee auf meine Mädchen tröpfeln sehen.« Er warf noch ein paar Büschel zu ihnen hoch.

»Wir werden dir unsere beste Arbeit liefern, Magnus«, versicherte Nari. Thorn und Nari hatten bereits einen Ruf als erfahrene Dachdecker, und so vertraute Magnus ihnen, denn andererseits wären sie nicht dort oben. Bei Castle Curanta hatten sie viele Grasdächer gefertigt, weil ihr Clan so stark gewachsen war. Sobald er gegangen war, flüsterte Nari: »Warum siehst du aus, als hättest du einen Frosch verschluckt?«

Thorn konnte nicht anders als lächeln. »Nun, ich habe das Mädchen draußen geküsst, also dachte ich, es formell machen zu müssen. Glücklicherweise hatte Connor einen Spaziergang in unserer Nähe unternommen. Das hat es mir leicht gemacht, ihn zu fragen.«

»Du meinst, das hat dich gezwungen, nicht wahr?«

»Ich habe sie geküsst und sie hat mich nicht fortgestoßen. Trotz allem hätte ich um ihre Hand angehalten.«

»Sie ist kaum mehr ein Mädchen, Thorn«, meinte Nari mit einem Grinsen.

»Für mich wird sie immer ein Mädchen sein. Wir haben sie kennengelernt, als sie drei war.«

Nari seufzte, nachdem er einen Augenblick über diesen Kommentar nachgedacht hatte. »Aye, damals war sie ein hübsches Mädchen und das ist sie noch. Aber meine Frage ist, warum du so lange gewartet hast?«

»Du weißt, warum«, flüsterte Thorn. Nari war sein bester Freund und Vertrauter. Manchmal kannte Nari seine Gedanken, bevor er selbst es tat. »Zuerst war sie mit Cordell verlobt. Und dann hatte ich mit Darby angebandelt. Du weißt, wie gut das gelaufen ist.«

»Nur weil das Mädchen Castle Curanta verlassen hatte, ohne jemandem etwas zu sagen, heißt das nicht, dass sie das wegen dir getan hat.«

»Das ist wahr. Ich hatte nicht erwartet, so bereitwillig vom Laird der Grants akzeptiert zu werden. Gleichwohl du das nie geglaubt hast, hatte ich stets befürchtet, dass er mich nicht akzeptieren würde. Das war wahrscheinlich töricht.«

»Wir alle haben dir versichert, dass er sich freuen würde. Selbst Magnus hat dir gesagt, dass er dich akzeptieren würde. Das war bereits vor einem Jahr, Thorn. Endlich erkennst du, dass es stimmt.« Nari schnappte das nächste Bündel Gras und band es an das Lattengerüst, wobei er einen Doppelknoten knüpfte, ehe er die Schnur noch einmal herumschlang, um sicherzustellen, dass der Knoten nicht verrutschen konnte.

»Dieses Urteil kommt von einem Mann, der noch keinem Mädchen sein Interesse bekundet hat. Worauf wartest *du* noch?« Er konnte Naris Gedanken nicht lesen, und der Mann wusste, die Dinge für sich zu behalten. Wenn er raten sollte, dann hatte sein Freund ein Auge auf eine Frau geworfen, allerdings hatte Thorn keine Ahnung, auf wen.

»Ich habe das richtige Mädchen noch nicht gefunden.« Nari wandte sich schnell von ihm ab, und Thorn wusste, warum. Aye, er schwärmte für ein Mädchen, doch er war nicht bereit zu sagen, wer es war, und er wollte Thorn nicht ins Gesicht lügen. Daraufhin wechselte sein Freund das Thema, wie er es immer tat, wenn sie die Möglichkeit einer Heirat für ihn erörterten. »Ich frage mich, was es heute Abend zum Essen gibt. Tante Kyla kocht den besten Wildeintopf überhaupt. Anfang der Woche haben sie einen schönen Hirsch erlegt, habe ich gehört.«

Thorn schnaubte.

»Was?«

»Du hast das Thema gewechselt, wie du es immer tust.«

»Habe ich nicht.«

»Doch, du wechselst das Thema, wenn wir über eine Sache sprechen, die dir unangenehm ist. Die Ehe. Unsere Väter.«

Naris Seufzen klang so tief, als würde es aus seinem verborgensten Inneren aufsteigen, und es war so traurig, dass Thorn bereute, seine Frage überhaupt gestellt zu haben. »Vergiss es, Nari.«

»Ich wechsle das Thema, wenn jemand unsere Väter erwähnt. Aber du weißt, warum. Wir haben immer wieder das Gleiche gesagt. Warum also noch einmal darüber reden? Ich vermisse meinen Vater. Aye, ich wünschte, ich wüsste, wo er ist oder was mit ihm geschehen ist, aber wir haben nach ihnen gesucht, als wir jünger waren, als die Spur noch frisch war. Loki wusste, an welchen Stellen wir suchen sollten und was wir fragen mussten, doch wir fanden nichts. Die Zeit ist gekommen, uns mit dem Tode unserer beiden Väter abzufinden. Das ist zu viele Jahre her.«

Thorn fing das nächste Grasbündel auf, das ihm von Osbern, einem der neugierigsten Krieger des Clans Grant, zugeworfen wurde. War er in der Nähe, belauschte er dein ganzes Gespräch und gab es an jemand anderen weiter, wobei er es gerade so abänderte, dass man wie ein Narr dastand.

»Was war das mit euren Vätern? Starben sie im Kerker, nachdem sie beim Stehlen erwischt worden sind?«

»Du hast dich verhört, Osbern«, antwortete Thorn. »Sperr deine Ohren für die Gespräche auf, die an dich gerichtet sind, und halte sie von unseren fern.«

»Du denkst, ich hätte mich verhört, aye? Nun, ich weiß, dass du dir Gedanken gemacht hast, dass Connor Grant deine Werbung um seine Tochter Claray ablehnen könnte. Der einzige Grund, warum er ein Waisenkind an sie heranlässt, besteht darin, dass sie nicht von seinem Blut ist.« Osbern spuckte in die Hände, ehe er das nächste Bündel schnürte.

Nari murmelte: »Er ist ekelhaft.«

»Was hast du gesagt, Waisenkind?« Osbern warf einen Stein nach Nari, der diesem leicht auswich.

»Kümmere dich um deine eigenen Gespräche, nicht um unsere.«

Magnus brüllte: »Osbern, triff mich drüben bei der großen Eiche.«

Thorn musste fast lachen. Magnus, der nach Jake, dem verstorbenen Bruder des Lairds, einer der wichtigsten Anführer auf den Übungsplätzen war, duldete keine Frechheiten und Unfrieden.

Osbern fluchte leise vor sich hin, doch dann ließ er sein Bündel fallen und ging. Jedoch nicht, ohne ihnen noch eine weitere rüde Bemerkung über die Schulter zuzuwerfen. »Wenn du in der Nähe von Connor Grant einen Fehler machst, wird er dich schnell wieder loswerden. Er akzeptiert nur die Besten auf den Übungsplätzen.« Mit boshaft funkelnden Augen fügte er hinzu: »Bei seinen Töchtern ist er noch anspruchsvoller. Vertrau auf die Worte von jemandem, der sein ganzes Leben hier verbracht hat, der Laird kennt keine Toleranz für Fehler.«

»Dein Leben wird kurz sein, wenn du deinen Hintern nicht schneller hierher schaffst, als du deinen Mund bewegst, Osbern.« Magnus´ Gebrüll ließ sie alle zusammenzucken.

Ein paar Minuten später sprang Osbern auf sein Pferd und ritt davon.

Er blickte nicht zurück, doch Nari riet: »Beachte ihn nicht, Thorn. Du weißt, dass Connor nicht so ist.«

Das wusste er, dennoch hatte er Osbern gewährt, seine Unsicherheiten zu schüren. Er wollte, dass Connor stolz auf ihn wäre und sich so verhalten, dass der große Mann seine Heirat mit Claray begrüßte. Aber so groß dieser Wunsch auch war, der Gedanke daran erfüllte ihn mit Zweifeln und Sorgen. Als er jung war, hatte er davon geträumt, ein Krieger wie Connor Grant zu sein – groß, stark, stattlich, gütig.

Er war sich nur sicher, dass er die eine Eigenschaft der Güte besaß.

Würde das für Claray und ihren Vater genügen?

KAPITEL FÜNF

⁓

AM NÄCHSTEN TAG erwachte Claray mit einem Lächeln im Gesicht. Am Abend zuvor hatte sie nicht mehr viel von Thorn gesehen, einmal abgesehen vom Abendessen. Er hatte sich rasch mit der Bemerkung verabschiedet, dass Magnus viele Arbeiten für sie habe. »Ich verspreche, dich morgen früh zu besuchen, Mädchen.« Er beugte sich vor und küsste sie auf die Wange, um sich dann auf den Weg zu machen.

Claray hatte ihn vermisst, aber sie bewunderte ihn dafür, dass er erledigte, was von ihm verlangt wurde. »Er ist ein guter Mann«, hatte ihr Vater gesagt. »Stets ist er bemüht, anderen zu helfen. Wir haben noch weitere schadhafte Dächer, die instand gesetzt werden müssen, ehe der Winter einbricht. Das ist eine der wenigen Arbeiten, die wir nachts erledigen können, wenn die Bündel geschnürt und einsatzbereit sind. Thorn und Nari sind sehr geschickt in ihrer Arbeit.«

Also ging sie zu Bett und träumte von einem Mann mit dunklem Haar und delikaten Lippen. Noch immer musste sie sich jedes Mal kneifen, wenn sie an ihren Kuss dachte.

Sie beeilte sich mit ihrer morgendlichen Waschung, denn sie hoffte, ihn heute Morgen zu sehen. Die Gruppe könnte morgen oder am darauffolgenden Tag nach Curanta Castle zurückkehren. Sie waren gekommen, um bei der Dekoration und den Reparaturen zu helfen, und nun war ihr Teil fast erledigt, doch in zwei Wochen würden sie zum Julfest zurück sein.

Sie konnte es nicht länger abwarten. Eilig war sie zu Dynas Kammer hinaufgegangen, um zu sehen, ob sie Hilfe mit den Kleinen brauchte, doch ihre Schwester winkte sie fort.

Sie rannte die Treppe hinunter, wobei sie fast gestolpert wäre und sich gerade noch am Geländer festhalten konnte. Zu ihrer Überraschung eilte Thorn ihr entgegen, um sie aufzufangen, und sie konnte nichts gegen das breite Grinsen tun, das sich über ihr Gesicht erstreckte, sobald sie ihn sah.

»Thorn, wo bist du so schnell hergekommen?«

»Ich war am Tisch und habe dich herabkommen sehen. Ich bin hergekommen, um dich zu begrüßen, aber ich hatte nicht erwartet, dass du stolperst.«

Sie winkte ab. »Ich bin wohlauf. Ich hatte es eilig.«

»Warum?« Seine braunen Augen hatten goldene Sprenkel, die sie fesselten, nun, da ihr gestattet war, sie anzuschauen. Sie konnte nicht anders, als ihn anzusehen, denn er sah recht gut aus. Sein langes Haar war ordentlich gekämmt und seine Wangen frisch rasiert. Wie sie die Art und Weise liebte, wie er sie anschaute.

Als ob er sie bewunderte.

»Ich wollte dich nicht verpassen. Papa wird dich heute Morgen wahrscheinlich beschäftigen.«

»Aye«, antwortete er, und trat dabei von der Treppe zurück, ehe er ihr die Hand hinhielt, um ihr sicher herunterzuhelfen. Dann führte er sie an den Tisch, an dem er mit Nari saß. »Wir haben viel zu tun.«

Nari erhob sich und begrüßte sie: »Guten Morgen, Mylady.«

»Guten Morgen, Nari. Du und Thorn, werdet ihr heute beschäftigt sein?« Die Halle war voller Leute, die um die Tische saßen und frühstückten, ehe sie hinausgingen, um sich den ihnen zugedachten Aufgaben zu widmen.

»Aye, wir haben noch zwei Dächer fertigzustellen und dann werden wir auf die Jagd gehen, in der Hoffnung ein stattliches Wildschwein oder einen schönen Hirsch zu erlegen. Das Fest der guten Speisen steht kurz bevor und es ist noch viel vorzubereiten.«

»Aye, ich denke Mama wird uns gegen Mittag mehr Äpfel sammeln lassen. Ich kann kaum erwarten, dass die Festlichkeiten ihren Anfang nehmen. Noch eine Woche, bis die Feiertage beginnen.« Sie setzte sich auf die Bank und griff nach einem Stück Brot. »Ich bin dankbar, dass wir die norwegische Tradition aufrechterhalten und fast einen ganzen Monat feiern.«

»Und wir werden wiederkehren«, versprach Thorn. »Nicht am ersten Tag, aber bevor die zweite Woche anbricht.«

Sie aßen und plauderten mit den anderen, die sich zu ihnen gesellten: Dyna und Derric,

Alick und Branwen, Chrissa und Drostan, Broc, Paden, Tante Kyla und Onkel Finlay und Tante Elizabeth mit ihrem Ehemann. Sie labten sich an Porridge mit Zimt und Honig und dann verabschiedeten sich die Männer allmählich zusammen mit der ersten Gruppe der Jäger: die Frauen. Dyna, Chrissa und Branwen waren alle begabte Bogenschützinnen und sie brachen früh auf, um auf die Jagd nach Fasanen und Enten zu gehen.

Loki kam herein und stieß einen Pfiff aus.

»Es ist Zeit zum Aufbruch. Ich hoffe, ich sehe dich später, Mädchen«, verabschiedete sich Thorn mit einer kleinen Verbeugung, ehe er ging.

Damit blieb Claray allein mit ihrer Mutter, Tante Elizabeth und Tante Kyla in der vormals geschäftigen Halle zurück.

Claray hatte von der Tür abgewandt gesessen, doch sie eilte um den Tisch herum, und nahm auf der anderen Seite Platz, womit sie nun in der Lage war, zu sehen, wer durch die Tür kam. Nachdem sie den Platz gewechselt hatte, strich sie ihren Rock glatt und schaute zu dem Strang aus Kiefernzweigen auf, den sie erst gestern aufgehängt hatten.

Ein Keuchen entrang sich ihr. Die große rote Samtschleife in der Mitte war bereits von ihrer Halterung gerutscht und hing nur noch gerade so daran.

Es sah unmöglich aus. Sobald Mutter und Vater hereinkämen, würde sie ihnen sagen, dass es in Ordnung gebracht werden musste.

Das war allerdings nicht notwendig. Ihre Mutter kam aus der Küche und sobald sie eingetreten war, hielt sie mit den Händen in die Hüften gestemmt inne.

»Verflixt. Was ist mit der Schleife passiert?«

»Du hast es bemerkt, Mama? Das habe ich auch. Wenn Papa eintrifft, muss er auf die Leiter klettern und sie wieder befestigen.« Eine der Leitern war zurückgelassen worden und lehnte an der Wand, da ihr Vater noch einige weitere Dekorationen aufhängen wollte, ehe er sie wegräumte.

»Ich kann vieles dessen, was dein Vater kann«, meinte ihre Mutter. Gleichzeitig mit Tante Kyla marschierte sie zur Leiter hinüber.

»Seid bitte vorsichtig«, warnte Tante Elizabeth. »Ihr solltet ohne ein paar starke Männer, die die Leiter festhalten, nicht hinaufsteigen.«

»Ich werde dir helfen. Wir brauchen keine Männer, die alles für uns tun. Betrachte dies als eine Lehre, Claray«, brummte Tante Kyla, während sie sich auf eine Seite der Leiter begab. Die beiden Frauen legten die Leiter genau an der gewünschten Stelle an. »Du oder ich?«, fragte Tante Kyla. Sie blickte zu ihrer Schwester. »Oder du, Elizabeth?«

»Ich steige nirgendwo hinauf, jedoch kann ich versuchen, die Leiter zu halten«, entgegnete sie. »Du weißt doch von meiner Aversion gegen Höhen.«

»Ich werde das übernehmen«, erklärte Mama. »Ich habe keine Höhenangst.« Also stieg sie auf die Leiter und lehnte sich vor, um die Schleife zu befestigen. Sie war ein wenig außer Reichweite, und Mama reckte sich noch näher heran, sodass Clarays Herz bei diesem Anblick zu rasen begann.

»Gib acht, Mama. Stürze nicht herunter.«

»Und spute dich. Ich halte die Leiter, so gut ich kann, doch es könnte jemand durch die Tür stürmen und sie ins Schwanken bringen. Claray, komm und halte die andere Seite. Elizabeth, du gehst an die Tür.«

Claray stand auf, um ihrer Mutter zur Seite zu stehen, und hastete herbei, um die andere Seite der Leiter zu halten, während Tante Elizabeth an die Tür ging. Was daraufhin geschah, dauerte nicht lange. Es waren nur ein paar kurze Augenblicke, die sich jedoch auf eigentümliche Weise entfalteten. Es war wie in Zeitlupe, und sie wusste, dass sie das Geschehen dieses Augenblicks wieder und wieder in ihrem Kopf abspulen würde. Als sie bei der Leiter ankam, löste sich ein Kiefernzweig vom Strang und landete auf ihrem Arm. Sie spürte deutlich, wie ein Insekt über ihren Arm krabbelte, und es gelang ihr nicht ihre Reaktion darauf rechtzeitig zu stoppen.

Claray stieß einen Schrei aus. »Spinne!«

Ihre Mutter geriet ins Wanken.

Tante Kyla schrie: »Claray, halt die Leiter fest!«

Die Tür flog auf, ehe Tante Elizabeth sie festhalten konnte, und schlug blitzschnell gegen die Leiter. »Claray? Bist du verletzt?«, rief Thorn.

Sein schnelles Eintreten hatte Tante Kyla ihre Seite der Leiter gänzlich aus den Händen gerissen.

Clarays Mutter schrie auf und geriet aus dem Gleichgewicht.

Sie fiel ...

Fiel ...

Prallte gegen die Leiter ...

Fiel ...

Und landete auf etwas, das ihr wahrscheinlich das Leben rettete – einem Sack voll Stoff für Schleifen. Ihr Hinterteil landete auf dem weichen Sack, ihr Kopf folgte ihm. Der Stoff federte ihren Sturz ab.

Doch sie alle vernahmen das klare Knacken des Knochens in ihrem Bein, als es auf dem Steinboden aufschlug.

Und Clarays geliebte, anbetungswürdige Mutter schrie vor Schmerz, und der Klang zerriss ihr das Herz und stürzte den Hauptturm in Chaos.

Das Schlimmste daran war das Wissen, dass es allein ihre Schuld war.

KAPITEL SECHS

ALLES WAR THORNS Schuld.
Voller Entsetzen starrte er auf das Unglück, das er angerichtet hatte. Er hatte nicht geahnt, dass jemand hinter der Tür war, geschweige denn auf einer Leiter. Er hatte einfach so wie immer reagiert, wenn er Claray schreien hörte.

Ohne nachzudenken, vom Eifer getrieben, so schnell wie möglich zu ihr zu gelangen. Er hob die Hände an den Kopf und massierte den explosiven Schmerz, der darin tobte.

Gerade hatte er mitangesehen, wie die Mutter der Frau, die er liebte, von einer Leiter gestürzt und auf einem Sack auf dem Boden des Hauptturms gelandet war.

Claray war im Nu bei ihrer Mutter. »Mama? Mama?« Gleichwohl sie blass war und Angst ihr Gesicht zeichnete, schien ihr ansonsten nichts zu fehlen.

Hatte er sie etwas von einer Spinne schreien hören?

Aye, eine Spinne würde sie zu solch einem Schrei getrieben haben.

Kyla Grant war rückwärts umgestoßen worden

und hatte sich den Knöchel verstaucht, doch mit einem Schrei stand sie wieder auf. »Thorn, hol Connor!«

Thorn war jedoch vor Entsetzen wie erstarrt, wenngleich dies wahrscheinlich nichts zur Sache tat. Alle hatten Selas Schreie gehört, und keinen Augenblick später brach der große Mann durch die Tür.

Gleichzeitig kam Gracie mit ihren Töchtern Maryell und Merelda dicht auf ihren Fersen die Treppe herabgestürmt. »Was ist passiert?«, rief sie. »Ich habe Schreie gehört.«

Connor schob Claray beiseite und streckte die Hand nach seiner Frau aus, doch sie kreischte: »Connor. Fass mein Bein nicht an. Es ist gebrochen. Wenn du es bewegst ... werde ich nie ... ich kann den Schmerz nicht aushalten ... ach, Connor.«

Jamie kam mit einem derart lauten Schrei durch die Tür gestürmt, wie er nie zuvor von dem Laird gehört hatte. »Was zum Teufel ist passiert?«

Thorn wich zurück, nicht imstande, alles zu verarbeiten, was geschehen war ..., und war von dem lächerlichen Drang erfüllt, fortzulaufen und sich zu verstecken.

Das war seine Schuld. Alles. Seine. Schuld.

Hätte er die Tür nicht aufgestoßen, wäre Sela Grant mit ihrer Aufgabe fertig geworden und sicher von ihrer Leitersprosse heruntergestiegen. Stattdessen wurde sie durch eine unbedachte Tat durch die Luft geschleudert und hatte nun eine böse Verletzung.

Noch mehr Leute strömten in die große Halle.

Dyna stürmte herein und brach beim Anblick ihrer auf dem Boden liegenden Mutter in Tränen aus. Sie kniete neben Claray nieder und legte ihrer Mutter die Hand auf die Schulter. »Mama?«

Connor zauderte nicht. Er schaute Dyna an und sagte: »Du und Derric nehmt zehn Wachen und holt Tante Jennie. Dies ist ein böser Bruch. Sagt ihr, dass wir sie sofort brauchen.«

Astra kam mit Clarays anderen Geschwistern, Morgan und Hagen, von draußen herein. Die kleine Tora tapste zu der Gruppe und brabbelte: »Gaga.« Dies war der Name, mit dem sie angefangen hatte, ihre Großmutter zu rufen.

Es fühlte sich wie ein Schwert in Thorns Brust an.

Astra hob Tora auf den Arm und ging zu ihren Schwestern hinüber, während Sylvie hinter ihr hertrottete.

Erst als Nari hereinkam, verspürte Thorn etwas Erleichterung in seiner Brust. Sein Freund kam zu ihm herüber – und da erkannte er, dass er sich langsam von der Gruppe zurückgezogen hatte und nun in einer Ecke des Hauptturms stand. »Was ist passiert?«

Thorn stöhnte und murmelte: »Sie ist gestürzt. Ich habe die Tür zu schnell aufgemacht und bin an die Leiter gestoßen. Ich wusste nicht, dass jemand dahinter stand.«

»Warum war sie noch einmal dort oben?«, fragte Connor, als würde er zu niemandem sprechen. Thorn war von all dem zu hypnotisiert, um den Gedanken zu fassen, vor Connor zu treten und zu antworten. In Wahrheit konnte er es nicht.

Er hatte keine Ahnung, warum sie auf die Leiter geklettert war, er wusste nur, dass sie gefallen war.

Eilig bellte Connor die Namen seiner Söhne: »Hagen und Morgan, bringt die Pritsche aus Großvaters Kammer her.«

»Connor, du kannst mich nicht anfassen.«

Er biss die Zähne zusammen. »Sela, ich wird nicht zulassen, dass du auf dem Boden inmitten der Binsen liegen bleibst. Gracie wird dir helfen, dein Bein zu bewegen.«

Merelda, die von der Heilkunst vollkommen fasziniert war, und so oft sie konnte mit ihrer Mutter arbeitete, betrachtete prüfend das gebrochene Körperglied und dann schaute sie ihre Mutter an. »Der Knochen schaut ein bisschen hervor. Ich wünschte, wir könnten hineinsehen. Ich bin nicht sicher, wie wir ihn zurückschieben sollen.«

»Du wirst nicht in der Lage sein, etwas zu sehen. Du musst es mit deinen Fingerspitzen fühlen«, erklärte Gracie. »Hol zwei Kissen herbei. Wir werden ihr Bein polstern, ehe wir sie auf die Pritsche heben, und dann werden wir es hochlegen. Wir werden sehen, ob es hilft. Es schwillt bereits an, Sela. Wir werden wohl deinen Strumpf unter deinem Rock aufschneiden müssen.«

»Tut, was ihr tun müsst.«

Connor beugte sich vor und küsste seine Frau auf die Wange. »Was ist passiert, Sela?«

»Ich bin auf die Leiter gestiegen, um eine Schleife zu befestigen, und als jemand durch die

Tür kam, hat er die Leiter angestoßen.«

»Ich hatte dir gesagt, dass ich das Klettern übernehmen würde. Du hättest die Tür von jemandem bewachen lassen sollen.«

Thorn stieß die Luft aus, als er diese Äußerung hörte.

»Connor, was um alles in der Welt macht es für einen Unterschied, wer auf die Leiter gestiegen ist? Jemand ist durch die Tür gestürmt und ...« Sie verstummte, und dachte einen Moment nach, wobei sie den Kopf in die Binsen legte. »Ich hätte mich nicht so weit strecken sollen. Ich hätte die Tür von jemandem bewachen lassen sollen. Ich habe nicht nachgedacht. Ich dachte, es wäre rasch erledigt, ehe jemand hereinkam. Ich dachte ...« Sie hob den Kopf und dann ließ sie ihn sinken. »Connor«, flüsterte sie. »Der Schmerz ist entsetzlich.«

Er beugte sich vor und küsste sie auf die Wange. »Sobald ich dich ordentlich gebettet habe, werde ich dir etwas von Papas *uisge-beatha* bringen.

Claray weinte nun mit roten Wangen und Thorn verspürte einen weiteren Stich grauenhafter, krankmachender Schuld. »Es war alles meine Schuld, Papa. Es tut mir so leid. Eine Spinne ist aus einem der Kiefernzweige gekrochen und ich habe geschrien. Thorn muss mich gehört haben und ist hereingekommen ...«

Alle Gesichter wandten sich zu ihm um und er wünschte, sich abwenden und in den Büschen verstecken zu können und alles zu erbrechen, was er in den letzten drei Tagen gegessen hatte. Als er ein Kind war, hatte er sich nichts mehr gewünscht, als dass die Leute ihn beachteten, doch nie war es sein Wunsch gewesen, auf *diese* Weise beachtet zu werden.

Würde Connor ihm die Erlaubnis entziehen, um Claray zu freien?

Er verließ seine Ecke und trat vor, wobei ihm jeder Schritt so schwerfiel, als würde er einen Hügel in der Sommerhitze hinaufrennen. »Ich bitte um Verzeihung, Laird. Ich hatte das nicht gewollt … Ich hatte keine Ahnung. Verzeiht mir, Mistress.«

Er fragte sich, ob Claray ihn für die Rolle, die er bei dem Unfall gespielt hatte, hassen würde, doch sie zog ihn mit ihrer kleinen Hand beharrlich näher. Er hatte Clarays Mutter nicht in ihrem Schmerz sehen wollen. Doch jetzt stand er unmittelbar vor ihr und er konnte den Schweiß auf ihrer Stirn erkennen, den benommenen Blick in ihren Augen und die Art und Weise, wie sie die Hand ihres Ehemannes so fest fasste, dass sie leicht das Blut daraus herausquetschen könnte.

»Mistress, meine aufrichtige Entschuldigung.«

»Thorn, das war nicht nur dein Fehler. Auch ich war unbedacht. Connor hat mir viele Male gesagt, dass er die Dekorationen aufhängen würde, aber ich bin einfach starrsinnig gewesen.«

»Ich wusste, wir hätten jemanden an der Tür haben sollen«, meldete sich Kyla zu Wort. »Wir hatten versucht, die Schleife schnell wieder zu befestigen, und alles ist schiefgelaufen. Zum Himmel noch mal.«

»Ich war in Richtung Tür unterwegs, aber es ist alles so schnell gegangen«, warf Elizabeth ein.

Connor sah seine Schwestern mit hochgezogener Augenbraue an. Gracie wies die Männer an, wo sie die Pritsche abstellen sollten. Dann nahmen Merelda und sie jeweils ein Kissen und lagerten Selas Bein vorsichtig hoch, während Connor sie auf die Pritsche hob. Die Frauen blieben so gut sie konnten an seiner Seite, doch Sela stieß dennoch einen kleinen Schrei aus, als sie ihr Bein ein wenig rüttelten.

Thorn fühlte sich krank. Er beugte sich zu Claray und fragte: »Bist du unversehrt? Du bist nicht gebissen worden? Ich habe mir um dich Sorgen gemacht.«

»Mir fehlt nichts, Thorn, aber ich danke dir für deine Fürsorge.« Sie betrachtete ihren Arm und meinte: »Vielleicht habe ich einen winzigen Biss, aber das tut nicht so weh, wie den Sturz meiner Mutter mitanzusehen.«

Sobald sie Sela bei der Feuerstelle gebettet hatten, scheuchte Connor alle zurück und meinte: »Macht Gracie genügend Platz, damit sie tun kann, was sie zu tun hat. Ich möchte noch zwei weitere Fackeln hier drüben.«

Jemand machte sich auf, um seiner Forderung nachzukommen, doch Claray setzte sich auf einen Stuhl beim Feuer. »Ich werde gleich hier warten.« Wieder verspürte er den Drang, zu verschwinden. Vielleicht sollte er ein Loch graben, das tief genug wäre, um ihn gänzlich zu verschlucken, doch sie schaute ihm in die Augen. »Bleib bei mir.«

»Aye, ich werde an deiner Seite bleiben«, versprach Thorn, und weil sie ihn hier haben wollte, wäre niemand imstande, ihn von seinem Platz wegzuzerren.

Allmählich zerstreute sich die Gruppe, und einige gingen zur Tür hinaus, während andere aufräumten.

Jamie verschwand und kehrte mit einer kleinen Flasche zurück, die eine goldene Flüssigkeit enthielt. Connor goss eine kleine Menge in einen Becher und an Sela gewandt sagte er: »Trink, Sela. Sie wird vielleicht dein Bein anfassen müssen, um es zu richten.«

»Ich werde es nicht verlieren, nicht wahr?«, fragte Sela mit leiser Stimme. »Manchmal, wenn ein Bruch besonders schlimm ist, kann die einzige Behandlung in der Amputation des Glieds bestehen. Oder werde ich solch ein schwaches Bein haben, dass ich nie wieder normal gehen kann?«

»Bitte hilf ihr, Tante Gracie«, flehte Claray, und ihre Stimme gellte vor Panik, bei der Thorn sich sogar noch schlechter fühlte. »Bitte!«

»Wenn ich das nicht kann, wird Tante Jennie ihr helfen«, antwortete Gracie von ihrem Platz neben der Pritsche. »Sie wird so bald kommen, wie sie kann, aber ich werde alles tun, damit du es bequem hast, Sela.«

»Mein Fuß fühlt sich merkwürdig an, Gracie«, meinte Sela, ehe sie die Augen schloss. Connor bedeutete Gracie, ihm zu folgen. Sie gingen nicht weit, nur auf die andere Seite der Feuerstelle und Jamie gesellte sich mit Merelda zu ihnen.

»Was kannst du tun?«, fragte Connor mit leiser, drängender Stimme. »Ich weiß, Tante

Jennie würde den Bruch mit einem Holzblock umgeben, damit er gerade bleibt. Sie wird für lange Zeit nicht laufen können, nicht wahr?«

Gracie holte tief Luft und antwortete: »Nein, vielleicht für fast zwei oder drei Monde nicht.«

»Wird sie ihr Bein verlieren?«

Claray fasste nach Thorns Hand, als ihr Vater diese Frage stellte, und biss sich so fest auf die Lippe, dass Blut hervortrat. Thorn streckte die Hand aus, um ihre Lippe von den Zähnen zu befreien, doch Claray schob seine Hand beiseite.

»Dies ist, was Tante Jennie mir erzählt hat. Wenn es ein glatter Bruch ist, können wir die Enden einfach wieder zusammenschieben und der Bruch heilt von selbst. Wenn der Bruch kompliziert ist, kann er ein bisschen schief verheilen. Der Knochen wird zusammenwachsen, aber …«

»Aber was?« flüsterte Connor recht harsch.

»Wir wollen nicht, dass es zu lange schief ist, und wir müssen die Farbe im Auge behalten. Wenn es schief sitzt, wird es auch schief heilen. Also werde ich mein Bestes geben, um das Bein zu begradigen und den Rest Tante Jennies fähigen Händen überlassen. Sie hat mir einmal erzählt, dass sie einen Knochen nochmals hatte brechen müssen, weil er eine Woche lang schief zusammengewachsen war. Das wollen wir auch nicht.«

»Tante Jennie wird in Windeseile hier sein, dessen bin ich sicher«, antwortete Connor.

»Wenn sie zu Hause ist«, erinnerte Jamie ihn. »Sela schläft. Versucht, es jetzt zu tun. Ich glaube, du hast ihr einen großzügigen Schluck vom Breath of Life, für jemanden verabreicht, der ihn selten trinkt.«

»Ist Dyna losgeritten?«, fragte Connor.

»Derric und sie sind gerade mit einem Dutzend Wachen aufgebrochen.«

Connor kehrte an Selas Seite zurück und meinte: »Claray, wir brauchen dich vielleicht, um deiner Mutter die Stirn abzuwischen. Wenn sie erwacht, muss sie beruhigt werden, und das kannst du sehr gut.«

Claray warf Thorn einen Blick zu und nickte. »Aye, Papa. Ich werde tun, was immer ich kann.«

Thorn wartete, bis sie anfingen, und trat in den Hintergrund, um zuzusehen. Es quälte ihn, dabei zuzusehen, den Schmerz zu erkennen, den er – wenn auch unabsichtlich – verursacht hatte, doch ihm kam zu Bewusstsein, dass Claray vielleicht auch Trost brauchte, genau wie ihre Mama, sobald sie erwachte. Und wenn sie Trost brauchte, würde er für sie da sein.

Nachdem sie den Knochen so vorsichtig wie möglich abgetastet hatte, meinte Gracie: »Merelda, ich werde das Ende des Knochens zu mir ziehen, und ich möchte, dass du ein wenig Druck auf den gebrochenen Teil ausübst, um zu sehen, ob du ihn wieder an seinen Platz schieben kannst. Wenn du denkst, dass du ihn an der richtigen Stelle hast, fahre mit den Fingern über den Knochen, sodass die Kanten gleichmäßig und so nah wie möglich beieinander liegen. Kannst du das tun?«

Mereldas Gesicht wurde blass, aber sie nickte entschlossen. »Aye, Mama.«

Gracie deutete auf Selas Schultern. »Claray und Connor, ihr müsst sie vielleicht festhalten. Sie darf sich nicht bewegen, sobald wir am Knochen gezogen haben, und es wird wehtun.«

Sie nahmen ihre Positionen ein und Gracie fragte: »Bist du bereit, Merelda?«

Merelda nickte und legte die Hände auf Selas Bein. Sobald Gracie Selas Fuß zu sich zog, nickte sie Merelda zu, die sanft auf den Knochen drückte.

Sela schrie auf und stürzte fast von der Liege.

Thorn rannte zur Tür hinaus.

KAPITEL SIEBEN

———— ⁓ ————

CLARAY HÄTTE IHRE Mutter beinahe losgelassen, doch ihr Vater ermutigte sie, standhaft zu bleiben.

»Halte sie still, Claray. Halte fest. Sela, Gracie muss den Knochen ein wenig zurückschieben.«

Sela stöhnte und sank auf die Liege zurück, wobei sie die Hand ihres Mannes so fest umklammerte, dass ihre Knöchel sich weiß färbten. »Oh, Connor.«

Papa schmiegte seine Wange an ihre, sodass ihre Tränen sich vermischten. Nur selten hatte Claray Connor Grant weinen sehen, doch er war ein Mann, der seine Familie über alles liebte, und so überraschte es sie nicht, seine Tränen zu sehen. Auch ihr rannen die Tränen über die Wangen.

Während Claray die Schulter ihrer Mutter festhielt, damit sie sich nicht von der Pritsche erhob, dachte sie daran, wie der arme Thorn sich fühlen musste. Wahrscheinlich war er der Ansicht, alles sei seine Schuld, doch dem war nicht so. Es war ihre Schuld.

Sie spähte an ihrem Vater vorbei, um nachzusehen, was Thorn gerade tat, aber er war verschwunden. Suchend schaute sie sich in der Halle um, doch sie konnte ihn nirgends finden.

»Er ist gegangen, Claray«, meinte Papa zu ihr. »Dies war wohl zu viel für ihn.«

Sie hatte Verständnis für dieses Gefühl und sie konnte ihm keinen Vorwurf machen. Sie wünschte sich sehr, sie könnte sich ihm anschließen. Sobald sie die Gelegenheit dazu bekäme, würde sie nach ihm suchen.

Claray beobachtete Merelda bei ihrer langsamen, bedächtigen Arbeit, wie sie den Knochen nur ein kleines bisschen bewegte, um ihn zu richten, um dann mit den Fingern über den Bruch zu tasten, ob er sich gerade anfühlte.

»Wie lange noch, Gracie?« flüsterte Mama. »Ich weiß nicht, wie lange ich noch aushalten kann.«

Tante Gracie setzte sich auf und schob Merelda sanft zurück. »Ich glaube, wir sind fertig, bis Tante Jennie eintrifft. Es ist wichtig, dass der Knochen nicht anfängt, schief zu verheilen, und dass die Farbe deines Fußes rosig bleibt. Er war ein bisschen dunkel, deshalb möchte ich noch ein Weilchen warten und sehen, ob es besser wird.«

Claray schaute auf den unbewegten Fuß ihrer Mutter und erst jetzt bemerkte sie, dass die Farbe nicht in Ordnung war. Für sie sah er fast blau aus. Tante Gracie berührte den Fuß mit dem Handrücken. »Dein Fuß ist kühl. Das ist ein weiteres Zeichen, das sich hoffentlich bessert, nachdem wir den Knochen nun ein wenig bewegt haben. Wenn Tante Jennie kommt, wird sie Opiumpulver mitbringen, das gegen die Schmerzen wirkt.«

»Das werde ich nicht nehmen.« Mama schaute zu Gracie hinüber und schüttelte leicht den Kopf.

»Versprich mir, dass du es einnimmst«, bat Papa, während er sich zurücklehnte. »Ich kann es nicht ertragen, dich mit solchen Schmerzen zu sehen.« Er legte seine Hand an ihre Wange und wischte eine weitere Träne mit dem Daumen fort.

»Bitte, Mama?«, flehte Claray.

»Eine kleine Dosis, vielleicht.«

Claray deutete auf den Fuß ihrer Mutter. »Schaut, er wird rosa.«

Tante Gracie berührte die Haut erneut. »Gut, er wird definitiv wärmer. Gleichwohl er noch nicht perfekt ist, glaube ich aber, dass er sich halten wird, bis Tante Jennie hier ist.« Sie beugte sich hinunter, sodass ihre Augen auf gleicher Höhe mit Selas Bein waren. »Es sieht gerade aus. Sela, du darfst es nicht bewegen, bis Tante Jennie hier ist. Ich werde das Bein auf ein Brett betten und einige Tücher darum winden, um es zu fixieren.«

Mama schloss die Augen und entgegnete: »Es muss offenbar dort sein, wo es hingehört. Der Schmerz lässt ein wenig nach. Jetzt muss ich schlafen.«

Claray sah zu, wie ihre Tante ihren Vater zur Seite zog. »Die Farbe ist besser, und das hatte mir am meisten Sorgen gemacht. Ich denke, Tante Jennie wird die Verletzung gut genug versorgen können, damit sie sauber verheilt. Sie darf sich nicht bewegen, bis Tante Jennie hier ist.«

»Ich werde ihr helfen. Jamie kann alle meine Aufgaben übernehmen.«

»Wir anderen werden ebenfalls helfen. Sorge dich nicht, Connor. Tante Jennie reist schnell. Sie sollte in weniger als zwei Tagen hier sein.«

Das zu hören, bescherte Claray ein gewisses Maß an Zuversicht. Ihre Mama würde wieder gesund werden. So konzentriert wie sie auf diesen Gedanken war, bemerkte sie nicht, wie ihr Vater zu ihr herüberkam. »Wirst du dich eine Weile zu deiner Mutter setzen? Ich werde mit Jamie sprechen und dann kehre ich zurück.«

»Aye, aber dann möchte ich gern nach Thorn suchen. Ich weiß nicht, wohin er gegangen ist.« Sie gab sich alle Mühe, nicht durchklingen zu lassen, wie sehr sie das beunruhigte, doch das war schwierig.

»Thorn. Warum ist er so schnell hereingepoltert?«

»Weil eine Spinne auf meine Hand gefallen war und ich geschrien habe.« Verlegen ließ sie den Kopf hängen, dass ihr dies nach so vielen Jahren noch immer Schwierigkeiten bereitete. »Es war meine Schuld, nicht Thorns. Bitte bestrafe ihn nicht.«

Ihr Vater verschränkte die Arme und antwortete: »Es war niemandes Schuld. Ich habe deiner Mutter und Tante Kyla gesagt, nicht ohne Finlay, Jamie oder mich in der Nähe auf die Leiter zu klettern. Der Grund ist, dass wir die Leiter hätten auffangen können, wohingegen Kyla und deine Mutter zu schwach sind, die Leiter zu halten, sobald sie kippt. Sie sollten es besser wissen.«

Er beugte sich vor, küsste sie auf die Stirn und bevor er dann ging, sagte er noch: »Ich werde schnell zurück sein. Nimm die Schuld nicht auf deine Schultern. Dort gehört sie nicht hin. Wir werden niemanden mit Steinen bewerfen. Das war ein Unfall.«

Claray seufzte erleichtert, aber sie konnte nicht anders, als sich zu fragen, wo Thorn hingegangen war.

Die Tür öffnete sich, weniger schwungvoll dieses Mal, und plötzlich eilte Nari zu ihr herüber. »Thorn ist fort.«

Schockiert ergriff Claray seine Hand. »Was? Aber warum?«

»Ich habe kurz mit ihm gesprochen. Er hat das Gefühl, es sei sein Fehler, und er meinte, dass er hinausreiten müsste.« Er drückte ihre Hände und dann ließ er sie los, um zur Feuerstelle hinüberzublicken. »Deine Mama schläft. Das ist ein gutes Zeichen.«

»Aye, ihrem Fuß geht es besser, aber wir brauchen meine Tante. Macht Thorn das oft? Allein ausreiten?«

Nari zuckte die Schultern. »Er hat das schon ein paarmal getan, aber normalerweise kommt er zurück.«

»Normalerweise?«, fragte Claray.

»Aye. Einmal musste ich mich aufmachen und ihn suchen. Aber damals war er viel jünger. Er sagte, er würde nie wiederkehren, aber es war mir gelungen, seine Meinung zu ändern. Wir sind wie Brüder.«

»Vielleicht solltest du ihm nachreiten, Nari. Ich hoffe, dass er sich nicht mit dem Gedanken trägt, fortzulaufen.« Claray biss sich auf die Lippe und fragte sich, ob sie gerade ihre einzige Chance auf Glück verloren hatte.

»Ich werde ihm bis morgen Zeit lassen. Wenn er bis dahin nicht zurück ist, werde ich ihn suchen.«

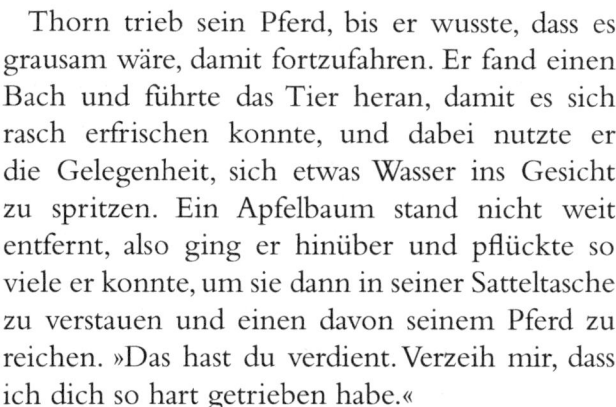

Thorn trieb sein Pferd, bis er wusste, dass es grausam wäre, damit fortzufahren. Er fand einen Bach und führte das Tier heran, damit es sich rasch erfrischen konnte, und dabei nutzte er die Gelegenheit, sich etwas Wasser ins Gesicht zu spritzen. Ein Apfelbaum stand nicht weit entfernt, also ging er hinüber und pflückte so viele er konnte, um sie dann in seiner Satteltasche zu verstauen und einen davon seinem Pferd zu reichen. »Das hast du verdient. Verzeih mir, dass ich dich so hart getrieben habe.«

Dann setzte er sich hin und kaute selbst auf seinem Apfel.

Wohin war er unterwegs? Er hatte keine Ahnung, aber Selas Schreie hatten ihn aus dem Hauptturm getrieben. Er dachte an Claray und wie beunruhigt sie wegen seines Verschwindens sein musste, aber gewiss wollten ihre Mutter und ihr Vater ihn nicht mehr in ihrer Nähe.

Nari würde ihn vermissen und wahrscheinlich Loki auch, aber niemandem sonst würde es leidtun, ihn gehen zu sehen.

Allerdings …, wenn er nicht zurückkehrte, würde er seine Werbung um Clarays Hand für eine Vermählung, abbrechen. Das Leben, von dem er immer geträumt hatte, würde ihm wie

Sand durch die Finger rinnen. Gleichzeitig konnte er den Gedanken an den Anblick von Selas Schmerzen nicht ertragen, daran, mehr Schreie von ihr zu hören, und zu wissen, dass ihr Leiden von ihm verschuldet war. Schuld würde seine Sinne vereinnahmen, und das war etwas, womit er nur sehr schlecht umgehen konnte.

Er hatte eine Lösung. Er würde eine Nachricht zurückschicken, dass er sich auf die Suche nach seinem Vater machte und in zwei Monaten zurück wäre. Es fühlte sich wie schiere Verrücktheit an, sich jetzt, nach all diesen Jahren aufzumachen, und dennoch sagte ihm irgendetwas, dass er es tun sollte. Er verstand es nicht, aber er glaubte, dem Sog folgen zu müssen.

Angeblich war sein Vater auf hoher See gestorben. Ein Teil von ihm glaubte das, aber er hatte sich immer gewundert. Vielleicht war es Zeit, seine Neugier zu befriedigen. Die Suche würde ihn zudem auch lange genug fernhalten, sodass er das Julfest versäumte, und Sela würde bei seiner Heimkehr wieder gesund sein. Er hoffte, Claray würde auf ihn warten.

Erfreut, dass er sich einen handfesten Plan ausgedacht hatte, musste er nur noch eine Möglichkeit finden, die Grants zu informieren. Wenn er jemanden finden könnte, der in ihre Richtung unterwegs wäre, könnte er denjenigen bitten, bei der Festung haltzumachen und Bescheid zu geben, dass er nach dem Julfest zurückkehren würde.

Lochluin Abbey. Diese Stätte musste er aufsuchen, und zwar vor seiner Reise nach

Edinburgh, wo sein Vater zum letzten Mal gesehen worden war. Das bescherte ihm zumindest eine Nacht unter einem Dach, was er sehr wohl zu schätzen wusste. Nari und er waren in jungen Jahren zu Waisen geworden, und er erinnerte sich an jene schrecklichen Tage, als sie gezwungen waren, in der Kälte oder im Regen zu schlafen. Er kannte die Camerons gut und wenn es ihm nicht gelang, vorher einen Boten aufzutreiben, würden sie sicher die Nachricht für ihn übermitteln.

Dann entschuldigte er sich bei seinem Pferd und gab ihm einen weiteren Apfel, ehe er aufstieg. Wenn er die folgende Nacht in der Abbey verbringen wollte, musste er heute noch weiter reisen.

Sobald die Sonne unterging, wusste er, dass er eine Schlafstätte finden musste. Ein Pfad zweigte vom Hauptweg ab, also folgte er ihm zu einem kleinen Hügel bei einem See, mit einer massiven Felszunge, unter der er schlafen könnte. Erschöpft saß er ab und folgte dem Pfad, wobei er beim Gehen zu den Sternen aufsah. Der Himmel war voller schnell dahinziehender Wolken, doch hin und wieder schien der Mond zwischen ihnen hervor.

Seine Gedanken kehrten immer wieder zu Claray zurück, die süße Claray, die wie Zimt schmeckte und sich in seinen Armen richtig anfühlte. Es stimmte, er hatte andere geküsst, und nach Clarays Zustimmung zu einer Verlobung mit Cordell hatte er sogar eine Beziehung zu einer anderen Waisen, Darby, angefangen. Doch sein Herz war nicht dabei gewesen und auch das ihre nicht, denn sie hatte ihn ohne ein Wort verlassen. Ihr Verschwinden hatte ihn bestürzt, doch es hatte seinen Stolz mehr getroffen als sein Herz. Niemand wusste, warum sie fortgegangen war, doch Lokis Burg war kein Gefängnis. Häufig stießen sie auf Waisen, die umherwanderten und luden sie zu sich ein. Einige blieben nur eine kurze Weile, und andere ein ganzes Leben.

Ein ganzes Leben.

Er wollte den Rest seines Lebens mit Claray verbringen. Er war überzeugt, dass sie die Richtige für ihn war … die Frau, die für ihn bestimmt war. Und wenn sie Glück hatten, würden sie vielleicht trotz ihres fortgeschrittenen Alters mit einem Kind oder zweien gesegnet werden.

Die Nacht war kühl und so zündete er ein Feuer an. Es bestand die Gefahr unerwünschte Gestalten anzulocken, doch wenn er es ausbrennen ließ, würde die Glut ihn während eines Großteils der Nacht warmhalten. Dankbar, dass er klug genug gewesen war, sich vor seinem Aufbruch mit einem weiteren Fell und ein paar Decken eingedeckt zu haben, aß er seine Haferfladen und Äpfel, um sich dann für die Nacht zuzudecken, während sein Pferd nicht weit entfernt an einen Baum gebunden war.

Er schlief rasch ein und hoffte, bis zum Morgengrauen durchzuschlafen, doch es sollte anders kommen. Stattdessen wachte er von einem Dolch an seiner Kehle auf.

Ein schmuddeliger Mann in einem undefinierbaren Plaid meinte: »Sieh einer an. Was haben wir denn hier, Jungs? Wir haben einen verirrten Grant Mann, nicht wahr?«

Zwei Männer standen hinter dem Angreifer, die Augen auf Thorn gerichtet. Thorn sagte nichts und wartete ab, um zu sehen, was sie wollten. Sein Schwert war unter dem Fell verborgen, also konnten sie es noch nicht genommen haben.

»Hast du Geld für uns, Grant Krieger?«

»Nein«, antwortete er. »Ich bin ein Krieger. Ich habe keine Münzen bei mir.«

»Wohin bist du unterwegs?«

»Nach Edinburgh, um meinen Vater zu sehen.«

Der Mann zog seinen Dolch von Thorns Kehle zurück und stellte fest: »Das ist genau, wohin wir auch unterwegs sind, also würden wir dich gern mit uns nehmen.«

»Warum?« Er konnte nicht anders, als sich über den Hals zu reiben, dankbar, dass er das kalte Metall nicht mehr an seiner Haut spürte. Sie könnten ihn leicht umbringen, ihn seiner Kleider berauben und sein Pferd nehmen. Sein Kadaver würde den Bussarden überlassen. Zu spät kam ihm in den Sinn, dass er wenigstens Nari hätte bitten sollen, ihn zu begleiten.

»Henry, sind es nicht die Grants, die Verbindungen zur Abbey haben?«, fragte einer der Männer, der hinter dem Anführer stand.

Der Mann, der offensichtlich Henry hieß, war auch derjenige, der ihm den Dolch an den Hals gehalten hatte. »Ewan, das ist ein guter Gedanke. Ich denke, er hat die Verbindung, um uns in die Abbey zu bringen.«

»Ich dachte, ihr wärt nach Edinburgh unterwegs.« Er setzte sich auf und rutschte dabei ein kleines bisschen von ihnen weg, wobei er darauf achtete, sein Schwert gut zu verbergen. Doch auch sie hatten alle Schwerter in ihren Scheiden. Unabhängig von ihrer Kampfkunst, oder deren Mangel, war ein Mann gegen drei kein gutes Verhältnis. Vielleicht sollte er tun, was sie sagten, bis sie die Abbey erreichten. Dann würde er eine Gelegenheit finden, sich davonzustehlen.

»Das sind wir, nachdem wir in Lochluin Abbey waren. Und du könntest genau das sein, was wir brauchen, um unseren Erfolg zu garantieren.« Grinsend strich sich Henry über den Bart. »Guter Gedanke, Ewan.«

Als Ewan darauf lächelte, wurden seine beiden fehlenden Zähne offensichtlich. »Aye, mit seiner Hilfe werden wir bis Jule alle wohlhabend sein.«

»Wohlhabend?«, fragte Thorn. Er wusste nichts über die Finanzen der Abbey, doch als junger Bursche war er oft dort gewesen. Die Abbey wurde von den Camerons beschützt, die seit langer Zeit als Verbündete der Grants galten. Bei mehr als einer Gelegenheit, hatten Connor und Loki zusammen mit ihren Frauen und Kindern die Reise gemeinsam unternommen. Claray, Nari und Thorn hatten oft zusammen gespielt. Sie hatten es geliebt, sich in dem Irrgarten der Gänge und sogar in den Kellern zurechtzufinden, gleichwohl Claray dunkle, feuchte Stätten hasste und Sela niemals die Treppe heruntergekommen wäre, um ihnen nachzugehen. Die Erforschung von Gebäuden war eine seiner liebsten Beschäftigungen.

»Wir werden ihr Geld stehlen, um unsere Reise

nach Edinburgh zu finanzieren«, schmunzelte Henry.

»Und wenn du uns hilfst«, fügte Ewan hinzu, »werden wir dich freilassen und du kannst deiner Wege gehen. Wenn nicht, werden wir dir gleich den Garaus machen. Wie lautet deine Entscheidung, Krieger?«

Thorn schluckte schwer, wissend, dass er mit ihnen gehen musste, um sich eine Chance zur Flucht zu verschaffen oder sie zu überrumpeln.

»Es sieht so aus, als würde ich mit Euch kommen.«

»Kluger Mann. Und sobald du uns dieses gute Grant Schwert und deinen Dolch übergeben hast, werden wir aufbrechen.«

Thorn hatte keine Wahl, doch in seinem Inneren grummelte es heftig. Leider hatten sie genau diese eine Sache getan, die garantieren würde, dass er folgen würde.

Sie hatten das Schwert genommen, dass Connor Grant für ihn hatte anfertigen lassen und er würde nie flüchten, ehe er es nicht zurück hätte.

KAPITEL ACHT

───── ❧ ─────

CLARAY WAR AUSSER sich vor Sorge. Wenn Thorn nur zurückkehren würde, könnte sie sich entspannen. Zwei lange Tage waren vergangen, ohne dass sie etwas von ihm gehört hatte. Loki war mit seinen Kriegern auf dem Rückweg nach Castle Curanta, und Nari hatte versprochen, dass sie auf ihrem Heimweg nach Thorn suchen würden.

»Wir werden ihn finden, keine Sorge«, hatte Loki sie beruhigt.

Nari hatte nickend hinter Loki gestanden. »Und sobald wir ihn gefunden haben, verspreche ich, dir eine Nachricht zu senden, dass er wohlauf ist. Du wirst ihn zum Julfest wiedersehen. Das verspreche ich. Er liebt das Julfest. Dies ist ihm wegen des ganzen Essens die liebste Zeit im Jahr.«

Schmunzelnd hatte Loki gemeint: »Thorn ist schon lange Angehöriger des Grant Clans. Er würde uns nicht freiwillig verlassen. Hin und wieder unternimmt er zwar einen Ausflug, doch er kehrt immer zurück. Wenn ihn irgendetwas zurückbringen kann, dann du, Mädchen. Sorge dich nicht, denn dieser Mann liebt es, zu essen.

Er wird wegen des Fasans, des Eintopfs und der Obstkuchen hier sein. Und wegen dir«, setzte er mit einem Augenzwinkern hinzu.

Kurz nach dem Frühstück hatten sie sich verabschiedet, und Claray war das Herz in die Magengrube gesunken. Dringend brauchte sie jemanden zum Reden, doch wen? Dyna war noch nicht zurück, ihre Mutter war verletzt, und ihr Vater war wegen ihrer Mutter nicht ansprechbar. Und Astra war für diese Art von Gespräch noch zu jung.

Sie fühlte sich hilfloser denn je.

Mitten am Nachmittag vernahm sie einen Aufruhr vor den Toren her. Sie eilte aus dem Hauptturm, um zu sehen, wer die Ankömmlinge waren, und zu ihrer großen Freude handelte es sich um Tante Jennie. Es gab keine liebenswertere Seele in diesem Land als Jennie Grant Cameron, und ihre heilenden Hände hatten so vielen von ihnen geholfen … sodass Claray hoffte, sie könnte ihre Mutter heilen.

»Tante Jennie. Wie war deine Reise? Ich hoffe, Dyna hat dich nicht zu sehr zur Eile angetrieben.«

Es war Jamie, der Tante Jennie beim Absitzen half, und er stellte sie vorsichtig auf die Füße. »Nein, ich bin immer abrufbereit. Meine Brüder und Schwestern haben mir solch eine große Familie beschert, dass ich schon vor langer Zeit gelernt habe, meine Heilerin-Tasche immer gepackt zu haben, und dazu noch eine Tasche zum Übernachten. Das hat mir im Laufe der Jahre ausgezeichnete Dienste geleistet. Außerdem habe ich gelernt, dass je früher, umso besser ist, wenn es um Knochen geht.«

»Mama hat immer noch große Schmerzen. Sie liegt in Großpapas Kammer und schläft.«

»Das ist ein guter Platz für sie. Bring mich zu ihr bitte, Liebes? Deine Schwester kümmert sich um die Pferde.«

Claray machte kehrt und geleitete Tante Jennie auf direktem Wege durch die Halle zu ihrer Mutter. Ihr Vater, der seit dem Unfall am Bett ihrer Mutter gesessen hatte, sprang von seinem Stuhl auf. »Meinen Dank, dass du so schnell gekommen bist, Tante Jennie. Kannst du ihr helfen?«

»Ich werde tun, was immer ich kann, Connor.«

Claray wich rückwärts zur Tür. »Darf ich dir etwas bringen, liebe Tante?«

»Eine Schale mit Brühe wäre schön. Etwas, das meine Knochen wärmt. Es wird ziemlich kalt draußen.«

»Bring ihr auch ein wenig Brot und Käse mit, Claray«, schlug ihr Vater vor.

Freudig, diese Bitte zu erfüllen, eilte zur Tür hinaus, und war froh, Tante Kyla zu sehen. »Papa möchte Brühe und etwas Brot oder Käse für Tante Jennie. Ich gehe in die Küche.«

Sie war gerade auf dem Weg dorthin, als Dyna die Tür aufschwang und verstimmt eintrat. »Ach, gehst du in die Küche? Für mich auch etwas, bitte.«

»Dyna, bist du Thorn begegnet?« Sie war so aufgeregt, dass sie ganz schnell und ohne Umschweife nach ihm fragen musste, damit ihr das Herz nicht aus der Brust sprang.

»Ich werde in die Küche gehen«, erbot sich

Tante Kyla, die ihr gefolgt war und ihr eine Hand auf die Schulter legte. »Ich möchte mich sowieso mit der Köchin besprechen. Du unterhältst dich mit deiner Schwester, Claray.«

Voller Dankbarkeit umarmte sie ihre Tante impulsiv, ehe sie Dyna hinterherlief, die zur Feuerstelle weitergangen war und sich dort aufwärmte. »Schlafen meine kleinen Mädchen?«

»Ja, ich habe sie gerade für ihr Schläfchen hingelegt.« Sie schaute ihre Schwester an und betete kurz um gute Nachrichten von Dyna, doch das flaue Gefühl in ihrem Magen sagte ihr, dass sie keine hatte. »Hast du ihn gesehen, Dyna?«

»Thorn? Nein. Warum?«

»Er ist nach dem Unfall fortgegangen und nicht wiedergekehrt. Keiner hat ihn bislang gesehen. Ich weiß nicht, was ich unternehmen soll.« Gleichwohl sie sich bemühte, sich nicht fortwährend die feuchten Handflächen an ihrem Rock abzuwischen, gelang es ihr nicht so recht.

Dyna stieß einen tiefen Seufzer aus. »Ich weiß nicht, ob du etwas tun *kannst*, Claray. Wenn Thorn nicht gefunden werden will, gibt es in den Highlands genügend Stellen, an denen er sich verstecken kann. Wir haben Lokis Gruppe abreisen sehen, doch wir haben niemanden sonst gesehen, und Thorn war nicht unter ihnen.«

»Wirst du mit Derric nach ihm suchen?«

»Claray, wir sind gerade so schnell geritten wie seit der Schlacht nicht mehr. Bis zum Morgen werde ich nirgendwo hingehen. Ich will meine kleinen Mädchen küssen, wenn sie aufwachen. Es könnte sein, dass er nach Castle Curanta zurückgekehrt ist. Wenn das der Fall ist, wird Loki es dich sicher wissen lassen. Gib ihm ein oder zwei Tage Zeit.«

Daran hatte sie nicht gedacht. Es war durchaus möglich, dass er direkt nach Hause geritten war, weil er so außer sich über all das Unglück hier gewesen war. Claray nickte, denn sie wusste, es steckte durchaus Logik darin, doch das war es nicht, was ihr Herz ihr zu tun riet.

Ihr Herz sagte ihr, zu ihm zu gehen.

Dyna hatte jedoch recht. Sie war keine Kämpferin oder Abenteurerin. Es gab wenig, was sie unternehmen konnte, und so zog sie sich in ihre Turmkammer zurück und suchte ihre Malutensilien zusammen. Während ihre Schwester und viele ihrer Cousinen es vorzogen, auf dem Bogenschießplatz zu üben, fand sie Trost im Zeichnen.

Ihre Großmama war es, die ihr das Zeichnen beigebracht hatte, und es war ein langsamer, mühevoller Prozess, in den Claray sich freudig vertieft hatte. Großmama hatte häufig mit ihr gearbeitet und das Ergebnis all dieser Arbeit zeigte sich. Jedes Bild, das sie erschuf, war in ihrem Herzen für Großmutter. Es war ihre Art, der Frau zu danken, die solch einen Unterschied in ihrem Leben gemacht hatte. Die Frau, die sie eigenhändig aus den Armen der Männer befreit hatte, die sie gequält und missbraucht hatten, um ihre Mutter gefügig zu machen.

Gleichwohl Madeleine Grant gestorben war, würde sie in Clarays Herzen für immer weiterleben.

Nun war auch Großvater von ihnen gegangen und Claray vermisste ihn schrecklich. Eines ihrer Vorhaben für dieses Julfest bestand darin, ein Bild von ihm zu malen. Wieder und wieder hatte sie ihren Entwurf überarbeitet, in der Hoffnung, ihn richtig zu treffen, doch er wollte sich nicht in einem bloßen Bild darstellen lassen.

Sie arbeitete einige Zeit daran und war dabei so konzentriert, dass sie nicht mitbekam, wieviel Zeit vergangen war, bis ein Klopfen an der Tür sie in ihrem Schaffen unterbrach. »Herein.«

Tante Jennie trat ein und sie trug ein kleines Päckchen, das mit Zwirn umschlungen war. »Ich habe dir ein kleines Geschenk mitgebracht.«

»Wie geht es Mama? Hast du sie heilen können?« Sie legte ihr Arbeitsmaterial auf die Kiste, in der es aufbewahrt wurde, um ihrer Tante ihre volle Aufmerksamkeit zu widmen.

»Sie wird sich mit der Zeit erholen. Gracie und Merelda haben gute Arbeit geleistet, ihren Knochen zu strecken, und so musste ich nur eine geringfügige Korrektur vornehmen, ehe ich ihr Bein fest verbunden habe.«

»Wirst du gleich wieder abreisen?« Sie betete ihre Tante an, also hoffte sie, dass die Antwort nein lauten würde. Sie hatten nicht genügend Zeit zusammen.

»Nein, ich werde noch einige Tage bleiben, vielleicht eine Woche, nur um sicherzustellen, dass sich der Knochen nicht bewegt. Du musst ihr helfen, wann immer du kannst, insbesondere während der nächsten Woche. Sobald der Knochen von selbst zu heilen anfängt, ist es weniger wahrscheinlich, dass er sich bewegt. Knochen sind, wie du siehst, recht magisch. Sie heilen von selbst, gleichwohl sie einige Zeit brauchen. Und sobald die Heilung abgeschlossen ist, wird deine Mutter sich anfangs fürchten, ihn zu benutzen. Du wirst ihr helfen müssen, wenn diese Zeit kommt. Nur zu, öffne dein Päckchen.«

»Tante Jennie, du musstest mir kein Geschenk mitbringen.«

»Ich hatte es schon seit einiger Zeit eingepackt. Aedan hatte eine zweite Sendung liefern lassen, und ich dachte, du könntest es gut gebrauchen.«

Sie band den Zwirn auf und zog die Umhüllung vorsichtig beiseite. Das Geschenk bestand aus zwei Teilen. Eines war ein Bündel Papier, das so selten war, dass es für Claray ebenso kostbar war wie jeder Edelstein. Tante Jennie hatte ihr früher schon Papier geschenkt, da Onkel Aedan es regelmäßig aus Europa bestellte, sodass Jennie ihre Erfahrungen als Heilerin aufzeichnen konnte.

Ihr zweites Geschenk war eine weitere Schachtel. Sie betrachtete sie und blickte dann zu ihrer Tante zurück, denn sie hatte keine Idee, was sich darin befinden könnte.

»Mach es auf. Nur zu«, ermunterte ihre Tante sie.

Sie nahm den Deckel von der Schachtel und spähte hinein. Dort befanden sich mehrere Stücke und einige Stifte in unterschiedlichen Farben. »Vielen Dank, Tante Jennie, aber was ist das?«

»Du weißt, wie leicht die Tinte Flecken

verursacht, wenn du nicht vorsichtig bist? Dies ist Kreide. Aedan hat eine beachtliche Ladung liefern lassen. Sie kommt in natürlicher Form in der Erde vor und Künstler suchen die richtige Größe und Formen, um sie in Stifte zu schneiden, die sie für ihre Kunst verwenden können. Einige kommen aus dem Reich der Deutschen. Dies wird dir ermöglichen, deine Zeichnungen farbig darzustellen.«

Claray machte große Augen. »Ich weiß nicht, was ich sagen soll. Was für ein zauberhaftes Geschenk. Danke, Tante Jennie.«

»Ich habe für alle kleine Geschenke mitgebracht, also musst du nicht das Gefühl haben, ich hätte jemanden übergangen, doch deines ist ein ganz besonderes.« Kichernd ging sie davon.

Die Tür hatte kaum Gelegenheit sich zu schließen, ehe sie wieder aufflog und Dyna hereingestürmt kam. »Mama schläft ganz ruhig. Tante Jennie hat sie wunderbar geheilt. Also ich habe da so meine Überlegungen.«

»Sprich weiter.« Sie verdrängte ihr Bedürfnis, Dyna zu bitten, nach Thorn zu suchen. Ihre vergangenen Erfahrungen hatten sie in der Tat wissen lassen, dass ihre Schwester alles tun würde, um ihr zu helfen. Dyna hatte ihre eigene Familie, um die sie sich zu sorgen hatte, und auf keinen Fall wollte sie ihre Schwester von ihren Kindern und dem Julfest fernhalten.

»Wir werden bis übermorgen warten, und wenn du bis dahin nichts von Thorn gehört hast, werden Derric und ich uns auf die Suche nach ihm machen. Und wenn wir ihn nicht finden, werden wir umkehren und Tante Jennie zurück nach Hause begleiten, damit wir die Gegend um Cameron Land absuchen können.«

»Darf ich mitkommen?«

Dyna dachte einen Augenblick nach, doch dann nickte sie. »Aye, du darfst mitkommen. Wir werden jede Menge Wachen bei uns haben und ich weiß, dass du nicht gern daheim bleiben würdest. Was ist in der Schachtel?« Ihr Blick war auf das Geschenk gerichtet, das Claray gerade verstaute.

»Noch mehr Zeichenutensilien. Eine Neuheit vom Festland. Ich werde sie später ausprobieren. Nun möchte ich nach Mama sehen.« Sie eilte zu Dyna hinüber und schlang ihr die Arme um den Hals. »Ich danke dir. Ich kann kaum einen Tag abwarten. Bis dahin sollten wir wissen, ob er auf Castle Curanta ist. Ich fürchte … ich …«

»Was Claray? Sag es einfach.«

Sie holte tief Luft und mit einem Mal brach es aus ihr hervor. »Ich denke, ich bin in Thorn verliebt.«

Ihre Schwester lächelte und antwortete: »Dann sollten wir ihn besser finden.«

Noch einmal schloss sie ihre Schwester in die Arme. »Ich kann ihn jetzt nicht verlieren, Dyna.«

Nein, sie hatte bereits zu viel verloren.

KAPITEL NEUN

THORN HATTE GRÖSSTENTEILS den Mund gehalten. Sie waren auf dem Weg zur Lochluin Abbey, aber sie nahmen eindeutig einen langen Weg und machten Halt, um zu stehlen, wo immer sie konnten. Als sie vier Gauner außer Gefecht setzten, nur um ihr Essen zu stehlen, war ihm klar, dass er bald gezwungen sein würde, seinen Teil zu leisten.

»Welche Fähigkeiten besitzt du, großer Grant Krieger? Wenn du essen willst, wirst du uns helfen müssen, Nahrung zu finden«, verkündete Ewan.

»Gib mir mein Schwert, und ich werde helfen.« Gleichwohl er bezweifelte, dass sie auf diesen Trick hereinfallen würden, musste er es dennoch versuchen.

Ewan lachte nur. »Tut mir leid, aber es gefällt mir. Du wirst es nicht zurückbekommen. Denk dir eine andere Möglichkeit aus, dich nützlich zu machen.«

Aus zusammengekniffenen Augen verfolgte Henry den Austausch zwischen den beiden, doch er sagte nichts. Bislang hatte der andere Kerl noch kein Wort gesagt. Er lächelte nur sehr oft, und für einen großen Mann wie ihn war es von einer unangenehmen Art. Thorn musste ihm einen seltsamen Blick zugeworfen haben, denn Ewan hatte es bemerkt und meinte: »Umfrey redet nicht, aber er ist unser bester Kämpfer. Beachte ihn nicht.«

Das tat er.

Thorn seufzte und beschloss, sie in eines seiner Geheimnisse einzuweihen. Er zückte seine Schleuder, und machte ihnen Zeichen, dass sie sich eine Weile still verhalten sollten. Sobald ein Kaninchen aus seinem Bau hervorkam, nahm er einen kleinen Stein und schleuderte ihn auf das Tier, das er auf der Stelle tötete, was in Thorns Augen die einzige Möglichkeit war. Das Töten von Tieren war ihm zuwider, aber ein Mann musste essen.

»Jetzt häute es«, befahl Ewan.

»Ich dachte, du hättest lieber ein paar Äpfel. Siehst du den Baum da drüben, wo alle reifen Äpfel zu hoch hängen, um dranzukommen?« Er hielt seine Schleuder hoch und neigte den Kopf mit selbstgefälliger Miene, wobei er sich fragte, ob einer von ihnen klug genug wäre, um zu verstehen, was er meinte.

»Was zum Teufel soll das heißen?«, sagte Ewan.

Henry grinste. »Er wird uns die reifen Äpfel von den Zweigen holen, anstatt die halb verfaulten auf dem Boden.«

»Das kannst du?« Ewan wirkte bei dieser Aussicht sichtlich begeistert. »Ich mag Äpfel.«

Thorn sagte: »Du häutest das Kaninchen, und

ich hole die Äpfel.«

Ewan und Umfrey machten sich ans Häuten, während Thorn sich zu dem Baum aufmachte. Henry hielt sich mit seinem Dolch in der Hand direkt hinter ihm. »Nur für den Fall, dass du auf die schlaue Idee kommst, wegzulaufen. Ich verspreche dir, dass ich dich jagen werde, wenn du das tust. Und wenn du mit den Äpfeln fertig bist, werde ich deine Schleuder an mich nehmen.«

Thorn hatte das Risiko bereits erkannt, das er mit dem Hervorholen seiner Schleuder einging, aber er musste sich als nützlich erweisen. Er holte drei reife rote Äpfel herunter und fragte dann: »Kennst du Edinburgh gut? Ich bin auf der Suche nach meinem Vater. Ich frage mich, ob du ihm vielleicht einmal begegnet bist. Ich habe ihn seit langer Zeit nicht mehr gesehen.« Dass ihm solch ein Glück beschieden sein sollte, bezweifelte er, doch es war es wert, zu fragen.

»Möglicherweise. Ich kenne viele Leute in Edinburgh. Wie ist sein Name?«

»Fulk Taylor. Er hat im nördlichen Teil der Stadt gelebt, aber er ist oft zur See gefahren.«

«Und nie wieder zurückgekehrt, aye?«, gab Henry zurück und deutete ihm an, die Äpfel aufzuheben, die er abgeschossen hatte. Er hatte inzwischen ein gutes Dutzend getroffen.

»Mir wurde erzählt, er sei auf hoher See gestorben. Manchmal frage ich mich jedoch, ob das stimmt. Das ist alles. Ich habe mir gedacht, einen Versuch zu machen, ihn zu finden, bevor es zu spät ist.«

»Du bist ein bisschen alt, um nach deinem Vater

zu suchen.« Henry biss in einen Apfel und dachte eine Weile nach. »Ich erinnere mich an einen Taylor, aber ich kenne seinen anderen Namen nicht. Gelegentlich ist er ein hinterhältiger alter Mistkerl, aber schnell mit dem Dolch. Langer Bart.«

Thorn konnte sich kaum an seinen Vater erinnern, aber er erinnerte sich an seinen langen Bart. »Braun?«

»Grau.«

Darauf nickte Thorn und dachte bei sich, dass wohl genügend Zeit vergangen war, und er wahrscheinlich ganz ergraut sein könnte. Aber Henry konnte ihm auch eine Lüge auftischen, damit er sich für die Reise engagierte. Wahrscheinlich hatte er sich die ganze Sache nur ausgedacht. Thorn sammelte noch einige Äpfel, die sie dann zu den anderen brachten. In dem Moment, als er die Äpfel ablegte, streckte Henry seine Hand aus, und Thorn gab ihm die Schleuder.

»Er kann bei uns bleiben, nicht wahr, Henry?«, meinte Ewan. »Mit Thorn bei uns essen wir besser.«

»Wenn du einwilligst, mich zu dem Mann zu bringen, an den du dich als Taylor erinnerst, bin ich bereit, die ganze Strecke bis nach Edinburgh mit euch zu gehen.«

»Abgemacht. Versuche aber nicht, dich in der Nacht davonzuschleichen. Ich wache schnell auf und ich *werde* dich finden.« Er hatte seine runden Augen mit Thorns Blick verhaftet, und nach dem eindringlichen Ausdruck darin zu urteilen, zweifelte er keineswegs daran, dass der Mann die Wahrheit sprach.

Thorn zuckte mit den Schultern. Was hatte er schon zu verlieren? »Einverstanden, unter einer Bedingung.«

»Welche?«

»Wir gehen zuerst nach Edinburgh. Wenn du mir hilfst, meinen Vater zu finden, mache ich mich bereitwillig auf den Weg zur Abbey.«

Henry überlegte einen Moment wobei seine dunklen Augen ununterbrochen auf Thorns geheftet waren.

»Er gefällt mir, Henry«, warf Ewan ein.

»Na schön. Drei Tage in Edinburgh, und dann zur Abbey.«

Thorn nickte. »Einverstanden.«

Er würde seinen Vater finden.

***

Zwei Tage später war Claray aufbruchbereit. Sie wusste, Thorn war irgendwo dort draußen, und sie fürchtete, er könnte verletzt worden sein.

Sie deckte ihre Mutter mit einem warmen Plaid zu.

Sela betrachtete sie mich besorgtem Blick. »Claray, ich wünschte, du würdest die ganze Sache Dyna und Derric überlassen. Sie werden ihn finden. Ich bezweifle, dass er verletzt ist, er ist nur aufgewühlt und fühlt sich schuldig. Er hat immer zu deinem Vater aufgeschaut, seit Connor ihn gefunden hat.«

Jeder kannte die Geschichte, wie Thorn und Nari sich ihrem Vater und Gregor Ramsay vorgestellt hatten. Während Thorn sich als ein Grant ausgegeben hatte, beharrte Nari darauf, ein Ramsay zu sein. Keiner der beiden war jemals einem Grant oder einem Ramsay begegnet, doch sie hatten zahlreiche Erzählungen über beide Clans gehört und sie seit Jahren aus der Ferne bewundert. Sie waren beide außer sich vor Freude gewesen, als sie begriffen hatten, dass sie vor zweien der Krieger standen, denen sie schon immer nacheifern wollten.

Loki hatte sie aufgenommen und sie waren zu ehrbaren Grants herangewachsen. Er brachte sie oft zu Besuch mit und Claray hatte sich immer zu ihnen hingezogen gefühlt, und zwar nicht nur, weil sie geholfen hatten, Sela und sie zu retten, sondern weil sie auch keine echte Grant war.

Ihre Mutter schaute sie an. »Du weißt, dass ich sehen kann, wann immer du gering von dir denkst. Du bist eine Grant, und das sind auch sie. Das hat Großmama dir gesagt, wie auch alle anderen. Viele Male.«

»Ich weiß, Mama. Doch ich fühle mich wegen meines Anteils an der Geschichte schuldig. Wenn ich nicht geschrien hätte, wäre Thorn nicht hereingerannt gekommen und hätte die Leiter umgeworfen. Ich muss mit ihm reden und mich für meinen Teil entschuldigen.«

»Dann kannst du dich für meinen Anteil ebenfalls entschuldigen. Dein Vater hatte recht. Ich hätte ohne bessere Unterstützung nicht auf die Leiter steigen sollen. Insbesondere, weil ich mich so weit hinüberlehnen musste. Wäre ich nicht auf die Leiter gestiegen, wäre das nicht passiert. Hätte ich gewartet, bis Tante Elizabeth zur Tür gegangen wäre, dann wäre das nicht passiert. Zu viele Dinge sind falschgelaufen. Habe ich recht?«

Sie konnte die beiden Tränen nicht zurückhalten, die ihr die Wangen herabliefen. »Und hätte ich mich nicht über die schief hängende Schleife beschwert, wärst du nicht auf die Leiter geklettert, um sie richtig aufzuhängen.«

»Claray, wir alle haben sie gesehen. Jemand hatte sie gerade hängen müssen, und ich hatte entschieden, es selbst zu tun. Hör bitte auf, dir die Schuld aufzuladen. Finde deinen Mann, weil du vermutlich recht erfreut bist, dass er um deine Hand anhalten will. Aye?«

Sie errötete und lächelte dabei, während ihre Tränen vertrockneten. »Aye, ich habe starke Gefühle für ihn.«

»Das hast du immer gehabt. Du hast das Gefühl, als hättet ihr etwas gemeinsam.« Sie streckte die Hand aus und wischte die letzte Träne von Clarays Gesicht fort.

»Aye«, flüsterte sie. »Ich fühle mich mit ihm verbunden, und er leidet, Mama. Ich muss gehen. Bitte sei nicht wütend auf mich.«

»Dein Vater erinnert mich daran, dass du viel älter wirst, und es ist Zeit für mich, dich gehen zu lassen. Also werde ich es erlauben. Du bist über dreißig Sommer. Du bist kein kleines Mädchen mehr. Tu, was du tun musst, aber bitte … bitte versprich mir, dass du auf alles hörst, was deine Schwester sagt. Geh nicht auf eigene Faust los. Tu. Das. Nicht. Versprichst du mir das?«

»Aye, ich habe zu viel Angst, um allein loszugehen, Mama, denn sonst wäre ich ihm längst gefolgt.«

»Geh und finde dein Glück. Ich hätte nie gedacht, dass ich das meine finde und schau mich an. Dieses gebrochene Bein ist nichts, verglichen mit dem Schmerz, den ich früher in meinem Inneren empfand.« Sela drückte Clarays Hand und die Tränen in ihren Augen verrieten ihr, dass ihre Mutter keinerlei Groll gegen sie hegte, weil sie geschrien hatte. Sie hatte ihr, so wie immer, bereits vergeben. »Ich entschuldige mich, dass du erfahren musstest, dich vor Spinnen zu fürchten, doch seit jenen Tagen hat sich unser Leben sehr verbessert.«

Claray beugte sich hinab und küsste ihre Mutter auf die Stirn. »Ich liebe dich, Mama. Ich werde bald wieder zuhause sein.«

Die Augen ihrer Mutter waren schwer vor Erschöpfung, und so ließ Claray sie ruhen.

Eilig lief sie in ihre Kammer und packte die notwendigsten Dinge, wobei sie im letzten Moment noch etwas von den neuen Kostbarkeiten hinzufügte, die Tante Jennie gebracht hatte. Auf dem Weg hinaus würde sie ihr noch einmal danken.

Thorn beherrschte ihre Gedanken, als sie sich auf die Reise vorbereitete. Immer schon hatte sie eine besondere Verbindung zu ihm gespürt, und das schon vor dem lang zurückliegenden Festival. Sie hatte geglaubt, es läge daran, dass er ein Waise wie sie war, und damit ein Außenseiter, doch es ging tiefer. In ihrer ersten Erinnerung an Thorn hatte er ihr aufgeholfen, als sie gefallen war. Das hatte er oft getan.

Sie legte sich auf das Bett und ihre Gedanken rasten. Thorn hatte sie genau wie ihr Vater beschützt. Fühlte sie sich deshalb so zu ihm hingezogen?

Cordell war ein tapferer Krieger gewesen, ein stattlicher Mann, aber es war unmöglich festzustellen gewesen, ob seine Zuneigung ihr oder ihrem Status als Tochter des Lairds zuzuschreiben war. Und dann war er auf grausame Weise aus ihrem Leben gerissen worden, und ihre Gefühle waren so verwirrend gewesen. Sie hatte sich traurig gefühlt, aye, aber auch schuldig, weil sie nicht so traurig war, wie sie sich fühlen sollte.

Als sie Thorn das erste Mal nach Cordells Tod wiedersah, hatte er ihre Hand genommen und ihr eindringlich in die Augen geschaut. Er hatte ihr versichert, wie leid ihm ihr Verlust täte. Immer schon war er so rücksichtsvoll, gütig und umsichtig gewesen.

Jedes Mal, wenn Thorn anschließend zu Besuch kam, suchte er sie auf und nahm sich Zeit für sie. Er brachte ihr Süßigkeiten mit und zeigte ihr auf ein Dutzend unterschiedliche Arten, dass er sie mochte. Bis vor Kurzem hatte sie nicht erkannt, wie tief er seinen Weg in ihr Herz gefunden hatte. Doch nun schmerzte ihr Herz vor Sorge um ihn.

Wenig später war sie mit Dyna und Derric und sechs Wachen, die hinter ihnen hertrotteten, auf dem Weg. Sie war keine erfahrene Reisende – die Sicherheit von Grant Land zu verlassen hatte sie stets geängstigt – und sie hatte keine Ahnung, wie es ihrer Schwester und deren Ehemann gelang, in der Gegend zu patrouillieren. »Also, wohin reiten wir zuerst?«

»Wir werden den Berg hinabreiten und nachsehen, ob wir auf Gauner treffen, oder irgendwelche unserer Nachbarn auf Patrouille sehen, und ihnen Fragen stellen. Wir werden den Hauptpfad nehmen. Derric ist sehr gut darin, Leute aufzuspüren, und wenn wir also etwas sehen, was zerstört aussieht, weist das auf Reisende hin, die kürzlich vorbeigezogen sind, worauf wir dem Pfad folgen werden.«

»Ich verstehe. Glaubst du, dass wir ihn finden werden?«

Dyna schnaubte. »Freilich werden wir das. Er kann sich nicht vor uns verstecken. Kurz vor unserem Aufbruch hat Derric eine Nachricht von Loki erhalten, dass sie ihn nicht gesehen haben. und er auch nicht auf Castle Curanta gewesen ist. Loki hat vorgeschlagen, nach Süden zu reiten. Das hatte Nari ihm gesagt. Er glaubt, Thorn könnte nach seinem Vater suchen.«

»Aber er hat immer gesagt, sein Vater sei auf hoher See umgekommen. Warum sollte er nach ihm suchen? Ich verstehe das nicht.«

»Bevor die Gruppe abgereist ist, habe ich mich einige Zeit mit Nari unterhalten«, meinte Derric. »Ihre Väter waren befreundet. Gleichwohl Nari den Tod seines Vaters akzeptiert, hat Thorn nie ganz daran geglaubt. Er denkt, sein Vater könnte noch immer irgendwo dort draußen sein. Nari ist überzeugt, dass Thorns Schuldgefühle über Selas Sturz ihn antreiben würden, nach seinem

Vater zu suchen.«

»Und wo genau würde Thorn nach all diesen Jahren nach seinem Vater suchen?«

»Edinburgh.«

»Wie lange wird die Reise dauern?« Seit langer Zeit war sie außer auf Grant- oder Ramsay Land nirgends mehr gewesen.

»Zwei Tage wahrscheinlich.«

»Und lass uns hoffen, dass wir dort ankommen, ehe der Sturm aufkommt.«

»Sturm? Welcher Sturm?«, fragte Claray.

»Es ist ein Schneesturm im Anmarsch. Und bitte, gerate darüber nicht in Panik. Ich weiß, dass du dich in jenem Sturm vor zwei Jahren verloren gefühlt hast, als wir von Castle Curanta zurückgekehrt sind, aber wir haben dich gefunden«, meinte Dyna. Du bekommst nur Angst, weil du Grant Land nie verlässt.«

»Aber ich konnte die Pferde vor mir nicht sehen. Der Sturm war ohne Vorwarnung vom Himmel über uns hereingestürzt. Ich dachte, ich wäre für immer verloren. Das werde ich nie vergessen, Dyna. Thorn hat mich gerettet.« Ihre Stimme klang gedämpft, beinahe ehrfürchtig. »Das tut er immer.«

»Wir werden wissen, wenn er kommt. Hab keine Angst.«

»Was? Wie könnt ihr das wissen?«

»Schon frühzeitig haben wir die Schneebeeren an den Büschen inspiziert. Sie waren groß und sehr früh in diesem Jahr. Das bedeutet normalerweise eine Menge Schnee. Dann haben wir auf einen Wechsel im Wind geachtet. Wenn der Winter näher kommt, beobachten wir die Wolken, den Wind, und dann halten wir nach einem weiteren Anzeichen Ausschau.«

»Welches?«

»Wenn die roten Eichhörnchen verschwinden, haben sie sich in ihre Nester zurückgezogen. Es ist zu kalt für sie, und das ist ein sicheres Zeichen, dass es stürmisch werden wird.«

Claray mochte den Gedanken an einen Schneesturm nicht. Sie hasste Schneestürme.

Doch sie konnte kein Eichhörnchen entdecken.

KAPITEL ZEHN

MITTEN IN DER Nacht wachte Thorn mit rumorendem Magen auf. Sie würden am Morgen in Edinburgh ankommen. War es möglich, dass sein Vater noch immer am Leben war? Und wenn dem so wäre, warum wollte er ihn finden?

Wenn er noch immer am Leben war, hatte er sich entschieden, seinen Sohn im Stich zu lassen, was für einen Mann nicht gerade eine bewundernswerte Eigenschaft war. Vielleicht würde er seinem Vater die Faust ins Gesicht schlagen.

Er würde ihm sagen, welches Glück ihm beschieden war, dass Nari und er Connor Grant und Gregor Ramsay über den Weg gelaufen waren, die sich so viel besser um sie gekümmert hatten, als ihre Väter es jemals getan hatten.

Henry stand auf und erleichterte sich, und dann kam er herüber und setzte sich nicht weit von Thorn entfernt. »Also Taylor. Bist du bereit, mir zu erzählen, wovor du wegläufst?«« Er hob einen Apfel vom Boden auf und wischte erst den Dreck an seinem Hemd ab, ehe er hineinbiss.

»Dieser ist immer noch gut. Ich wusste nicht, dass die Äpfel von ganz oben sich so lange halten.«

»Ich bin vor nichts davongelaufen.«

»Den Teufel bist du nicht. Grant Krieger ziehen nicht allein los. Sie sind in Gruppen unterwegs. Du bist allein. Also, was ist passiert?«

»Nichts.« Niemals würde er Henry die Wahrheit sagen. Er war nicht von der Sorte, die Mitgefühl empfand.

Henry zuckte mit den Schultern und kehrte zu seinem Schlafplatz auf dem Boden zurück, um Thorn seinen Grübeleien zu überlassen. Seiner Schuld. Die arme Sela würde wochenlang Schmerzen leiden. Er hatte ihre die Möglichkeit für ein glückliches Julfest ruiniert.

Und dennoch bereute er seine Entscheidung, die Flucht ergriffen zu haben … er bereute sie bitterlich. Nicht nur, weil er diesen Männern zum Opfer gefallen war, sondern weil er von der einen Frau weglaufen war, die er immer angebetet hatte, die zu heiraten er geträumt hatte, nachdem ihr Vater ihm die Erlaubnis erteilt hatte, ihr den Hof zu machen.

Aber Thorn hatte Connors Ehefrau verletzt und dann war er fortgelaufen, und gewiss würde keiner dieser Fehler einen guten Eindruck hinterlassen.

Er betete, dass Connor ihm vergeben würde, aber nicht so sehr, wie er sich Clarays Vergebung wünschte. Selbst wenn ihm nicht gestattet würde, sie zu heiraten, wünschte er sich dennoch, einen guten Eindruck bei ihr zu hinterlassen.

Um die Mittagszeit ritten sie in Edinburgh ein.

Er hatte die Stadt seit langer Zeit nicht mehr besucht und dort waren viel mehr Menschen, als er sich erinnern konnte. Woher waren sie nur alle gekommen?

»Unter diesen vielen Menschen werden wir ihn nie finden.«

»Wenn dein Vater hier ist, wird er bei einer der Tavernen unten an den Hafendocks sein. Der Taylor, den ich kenne, hat immer am Anlegeplatz gearbeitet, wenn ich mich richtig besinne. Also wird er jetzt arbeiten und am Abend in einer Taverne sein.«

»Dann werde ich zum Hafern gehen.«

Ewan schaute sich um und pfiff. »Warum sind so viele Menschen hier, Henry?«

»Sie machen sich für den Winter bereit. Sie werden bis zum Frühling nicht zurückkommen. Der Winter ist in dieser Gegend grimmig und es könnte ein Sturm im Anzug sein.«

»Wie kannst du wissen, dass ein Schneesturm im Anzug ist, bevor er da ist?«, fragte Ewan.

»Das erkenne ich an all den Menschen, die herumhetzen, um sich mit allem Notwendigen einzudecken, ehe er ausbricht«, antwortete Henry gedehnt. »Sie können es an den Baumringen, den Raupen und den Eichhörnchen sehen. Ich kann es nicht erkennen. Ich beobachte sie einfach.«

Thorn entwickelte eine neue Bewunderung für alle Angehörigen seines Clans, die hart arbeiteten, die versuchten, alles über das Land zu lernen, was sie vermochten. Viele unter ihnen besaßen die Fähigkeit, einen Sturm vorauszusagen.

»Nun, wir müssen nur noch einen Ort finden,

um etwas Geld zu stehlen. Ich möchte heute Abend in einem Gasthaus schlafen.«

»Stehlen?«, platzte Thorn heraus.

»Aye, wir werden etwas Geld stehlen. Und das schließt dich ein, Taylor. Es ist Zeit, dass du dich beweist.«

»Und was genau erwartest du von mir, zu tun?« Thorn hatte nicht die geringste Absicht für sie zu stehlen und er würde sie auch nicht in Lochluin Abbey hineinschmuggeln. Die Camerons würden ihn beschützen und ihm, wenn nötig, helfen, wieder nach Hause zu kommen. Zusammen konnten sie die Diebe aufhalten, ehe sie einen Fuß in die Abbey setzten.

Vielleicht war dieser Plan töricht, doch er fühlte sich jetzt engagiert dazu.

»Wir werden uns zu den Stallungen der Stadt begeben, um Ausschau nach jemandem zu halten, der allein reist und dann wirst du ihn umhauen und sein Geld stehlen. Und wenn du das nicht tust, werde ich dir nicht helfen, deinen Vater zu finden«, erklärte Henry mit vor der Brust verschränkten Armen.

»Und dann haben wir keine Verwendung für dich, also …« Ewan fuhr mit dem Zeigefinger über seinen Hals. »Rate mal, was dir dann passiert.«

Umfrey lachte hinter ihm.

»Und ich vermute, dass ihr dann nie in die Lochluin Abbey hineinkommt, um ihren Schatz zu stehlen, nicht wahr?«, entgegnete Thorn mit schiefgelegtem Kopf.

»Welchen Schatz?«

»Unwichtig, Ewan«, meinte Henry. »Er wird uns helfen oder er wird nicht essen. In Edinburgh kann nicht gejagt werden, also müssen wir stehlen, um zu essen.« Mit Blick auf Thorn meinte er: »Wir werden dich weiterhin bei uns behalten, bis wir nach Lochluin Abbey kommen. Also richtet sich die Angelegenheit danach, wie hungrig du bist. Wir drei gehen nun zu den Stallungen. Umfrey kann hier warten.«

Thorn erkannte, dass es keinen Sinn hatte, dem Mann zu widersprechen, aber er würde sich nicht fügen. Er würde hungern, ehe er stehlen würde. Sobald Connor Grant ihn unter seine Fittiche genommen hatte, hatte er geschworen, dass seine Tage als Dieb hinter ihm lagen. Bislang hatte er dieses Versprechen nicht gebrochen … denn er war besser als das und auch, weil er immer noch hoffte, nach Hause zurückzukehren und Claray zu heiraten.

Er folgte ihnen den Pfad zu den Stallungen hinunter und brütete darüber, was er als Nächstes tun sollte, als Henry Ewan und ihn hinter einen Baum zerrte. Es dauerte nicht lange, bis er den Grund dafür erkannte. Zwei Männer ritten auf sie zu, die zu sehr in ihre Unterhaltung vertieft waren, als dass sie ihre Umgebung wahrnahmen. Sie wirkten wie wohlhabende Männer. Henry ermahnte sie beide, zu schweigen, und sie lauschten, als die beiden Männer ihre Pferde an die Stallknechte übergaben und die Stallungen verließen.

Dann meinte der eine Mann: »Dieser Sturm wird grauenhaft sein. Was glaubst du, wieviel

Zeit wir haben? Wir haben viel zu besorgen und einen halben Reisetag für die Heimkehr.«

Der andere Mann antwortete umgehend: »Weniger als zwei Tage würde ich sagen. Wir sollten nicht trödeln. Es verspricht, ein mächtiger Sturm zu werden. Ich vermute, dass rasch eine Handbreite Schnee runterkommt.«

»Ich denke, es wird eine Armlänge oder mehr sein.«

»Dann sollten wir uns besser beeilen. Unsere Pferde werden mit so viel Schnee Schwierigkeiten haben.«

Sobald sie an ihm vorbeigegangen waren, zückte Henry seinen Dolch und gab Thorn einen Stoß. »Du nimmst den auf der rechten Seite und ich den auf der linken.«

Thorn rührte sich nicht.

»Los, oder ich werde dir gleich hier den Hals aufschlitzen.«

»Und du würdest ihr Geld nicht bekommen und du würdest auch nicht die Hilfe haben, die du dir für die Abbey erhoffst. Vielleicht weiß Ewan in welcher Kammer das Gold in der Abbey aufbewahrt wird.« Er verschränkte die Arme und starrte den Schurken an. Er wusste, dass er im Augenblick die Oberhand hatte. »Das tut er nicht. Aber ich.«

Henry sah ihn finster an und dann stieß er Ewan vorwärts. »Geh.« Sie verließen ihn und schlichen hinter den beiden Männern her, worauf Thorn in die entgegengesetzte Richtung davonging.

Aber er kam nur ein paar Schritte weit, ehe er stehen blieb. Er konnte nicht zulassen, dass sie diese Männer ausraubten. Ohne Waffe konnte er nicht gegen Henry oder Ewan kämpfen, doch er konnte etwas tun. Er wartete, bis sie beinahe bei ihren Opfern angekommen waren und dann rief er: »Passt auf, hinter euch!«

Die beiden Männer drehten sich um und zogen ihre eigenen Waffen und die Attacke war zu Ende, ehe sie überhaupt angefangen hatte. Die Opfer riefen nach der Obrigkeit, doch es war spät in der Nacht und niemand kam ihnen zur Hilfe. Sie rannten ein kurzes Stück hinter den Dieben her, doch Henry und Ewan waren schneller. Thorn beachtete den Tumult nicht und hielt auf die nächste Schenke zu. Er musste in Erfahrung bringen, ob sein Vater am Leben war.

Claray folgte Dyna in die Höhle. »Wie hast du diesen Ort ausfindig gemacht, Dyna?«

»Dies ist meine Lieblingshöhle. Thorn kennt sie ebenfalls. Dies ist die Grant Höhle. Hier verbringen wir immer die Nacht, wenn wir zum Land der Camerons unterwegs sind. Sie ist gut versteckt und tief, mit einer Biegung, die uns vor dem Wind schützt. Mir ist es früher schon gelungen, drei Pferde hier hereinzubringen. Sie ist perfekt.«

»Wie lange werden wir hier bleiben müssen?« Claray hoffte, dass es nicht allzu lange wäre. Sie stellte sich jede Menge Spinnweben im hinteren Bereich solch einer tiefen Höhle vor.

»Eine Nacht und wir werden früh aufstehen. Wir müssen vor dem Morgengrauen aufbrechen, wenn wir dem Sturm entkommen wollen. Derric und ich kennen die Gegend gut genug, um noch vor Sonnenaufgang aufbrechen zu können.«

»Wie viel länger dauert es noch, bis wir das Land der Camerons erreichen?«

»Noch einen Tag. Wir werden wahrscheinlich fast bei Einbruch der Dämmerung ankommen. Es hängt auch davon ab, wann der Schneefall einsetzt und wie schnell er fällt«, erklärte Dyna.

»Und der Wind«, fügte Derric hinzu. »Das verlangsamt die Pferde immer. Ich werde die Tiere versorgen und die Wachen dann losschicken, damit sie trockenes Holz sammeln. Wir haben für heute Abend genügend Fleischpasteten. Es ist die beste Jahreszeit zum Reisen. Die einzige Zeit, wo das möglich ist. Sie werden köstlich schmecken, wenn sie über dem Feuer ein bisschen aufgewärmt wurden.« Er zwinkerte seiner Frau zu und küsste sie auf die Wange, ehe er die Pferde zu einer Stelle an der Seite der Höhle führte.

»Warum hat er das gesagt?«

»Weil Fleisch verdirbt, wenn es nicht kühl gehalten wird. Dieses Wetter hält alles kalt. Du musst es nur von der Körperwärme fernhalten, bis du es isst.«

»Ich habe ein Fell in meinem Sack und ein Plaid. Ich hoffe, mir wird warm genug sein.« Sie trat in die Höhle und seufzte. »Nur der Windschutz hilft schon, nicht wahr?«

»Aye, so ist es. Die Wachen werden ein Feuer entzünden. Wir werden im hinteren Teil schlafen und die Wachen werden hier außerhalb nächtigen. Sie sind immer noch geschützt, aber sie werden dafür sorgen, dass keiner hereinkommt. Komm, wir werden nachsehen, ob es Anzeichen auf Besucher gibt, die erst kürzlich hier gewesen sind.« Sie führte Claray in den hinteren Bereich und schaute sich um, ehe sie den Kopf schüttelte und einige verdächtige Spinnweben fortwischte. »Nein, nichts. Derric und ich werden uns zusammenkuscheln und du kannst auf meiner anderen Seite schlafen. Du wirst immer noch etwas von seiner Wärme abbekommen. Er gibt mehr davon ab, als das Feuer, das wir anzünden werden.«

Claray öffnete ihren Sack und zog ein Fell und ein Plaid hervor, worauf sie sich auf Ersteres setzte und Letzteres über ihren Schoß breitete. »Dyna, was glaubst du, was mit Thorn passiert ist?«

»Ich glaube Nari. Er kennt ihn am besten. Er war wegen Mamas Unfall aufgewühlt, denn er wusste, dass es zum Teil seine Schuld war, also ist er fortgegangen. Wahrscheinlich ist er losgezogen, um nach seinem Vater zu suchen. Er wird wiederkehren, selbst wenn er ihn gefunden hat, obwohl ich dagegen wetten würde, dass dies geschieht.«

»Aber warum jetzt? Er hat bei Papa um meine Hand angehalten. Ich dachte, wir würden einander besser kennenlernen.«

Derric trat hinter sie. »Ich werde dir sagen, warum. Weil er, wenn er dich einmal geheiratet hat, nicht losziehen wird, um nach seinem Vater zu suchen. Er muss es ein letztes Mal versuchen, ehe er dir einen Antrag macht. Ehe er vor einem

Priester steht und gelobt, dich für den Rest seines Lebens zu schützen.«

»Und ich bezweifle, dass wir ihn vor dem Julfest wiedersehen werden«, führte Dyna leise hinzu. »Ich denke, er wartet auch, bis Mama ein bisschen geheilt ist. Er konnte es nicht ertragen, sie in ihrem Schmerz zu sehen. Er ist zur Tür hinausgerannt, sobald sie zu schreien begonnen hatte. Er kann auf sich selbst aufpassen.«

»Also glaubst du nicht, dass er vor mir davongelaufen ist, nicht wahr?«, fragte Claray und brachte damit ihre schlimmste Angst zur Sprache. »Du glaubst nicht, dass er seine Meinung über mich geändert hat?«

»Nein, nicht nach der Art und Weise, wie er dich anschaut«, antwortete Derric.

»Wie schaut er mich an?«

»Wie ein Mann, der während des letzten Mondes hungern musste und auf gewisse Weise war dem auch so gewesen.« Derric zwinkerte ihr zu und dann kehrte er zu der anderen Sektion der Höhle zurück, in der das Feuer in Gang gebracht wurde.

Das Zwinkern brachte sie darauf, was er meinte, und sie kam nicht umhin, zu erröten.

KAPITEL ELF

THORN MARSCHIERTE IN die erste Herberge und bahnte sich seinen Weg zum Wirt. Es wurde gerade das Abendessen für etwa zehn Gäste serviert.

»Du brauchst eine Kammer, Sohn?«, fragte der Wirt.

Der Mann war grauhaarig, also lebte er schon eine ganze Weile. »Nein«, entgegnete Thorn. »Ich suche nach jemandem. Einem Mann namens Taylor, langer grauer Bart.«

»Fulk Taylor? Ich habe ihn seit langer Zeit nicht mehr gesehen.«

Thorns Herz barst beinahe aus seiner Brust. Fulk war der Name seines Vaters und das war kein gewöhnlicher Name. Seine Großmutter war Engländerin gewesen. »Wie lang ist das her? Wann habt Ihr ihn zum letzten Mal gesehen?«

Der Wirt schaute zu den Deckenbalken auf. »Lange Zeit. Vielleicht fünfzehn oder zwanzig Jahre.«

Sein Herz pochte schmerzhaft in seiner Brust. Es war lang her, aye, aber es war auch lange nachdem sein Vater angeblich ums Leben gekommen sein soll.

»Ich danke Euch sehr«, antwortete Thorn und ging zur Tür hinaus. Wie sehr er sich sein Schwert herbeisehnte, aber Henry hatte es behalten, denn er wusste wahrscheinlich, dass es der einzige Weg war, wie er garantieren konnte, dass Thorn sich nicht aus dem Staub machte. Selbst wenn sein Schwert keinen persönlichen Wert besessen hätte, konnte er Edinburgh nicht ohne es verlassen. Es wäre zu gefährlich, ohne Waffe zu reisen, und es mangelte ihm an Kapital, um einen Ersatz zu beschaffen.

Draußen vor der Herberge blieb er stehen und holte tief Luft. Vor zwanzig Jahren, als er siebzehn war, lebte sein Vater immer noch.

Wo war er jetzt?

Er hatte keine Ahnung, wo er suchen sollte, aber gewiss war es nicht in Edinburgh. Zumindest wusste er, dass er Henrys Hilfe nicht länger brauchte. Fulk Taylor war auf eigene Faust losgezogen und wer wusste schon, ob er überhaupt noch lebte?

Thorn konnte sich nicht entscheiden, ob er mit seiner Entdeckung glücklich war oder traurig. Enttäuscht war vielleicht das bessere Wort. Sein Vater war zurückgekehrt und hatte ihn nicht gesucht.

Oder hatte er das?

Was, wenn seine Seereise länger als erwartet gedauert hatte, und er zurückgekehrt war, nachdem Thorn und Nari in die Highlands gezogen waren.

War es möglich, dass sein Vater weiterhin nach

ihm suchte?

Nein. Jeder würde nach so langer Zeit aufgegeben haben. Er hatte das allerdings nicht getan. Aus dem Nichts heraus manifestierte sich ein plötzlicher Drang, nach seinem Vater zu suchen, und er hatte ihn hierhergeführt.

Er drehte sich um und blickte sich suchend nach Henry und Ewan um, und als die beiden auf ihn zukamen war er nicht überrascht. Sie *rannten* auf ihn zu. Wie er sich wünschte, er hätte sein Schwert, mit dem er sie beide aufspießen könnte.

»Wir schätzen deine Methoden nicht. Jetzt bringst du uns auf direktem Weg nach Lochluin Abbey oder ich werde deine Innereien aufspießen und sie überall auf dem Weg verteilen. Du hast einen guten Diebstahl ruiniert. Jetzt wirst du dafür bezahlen.«

Thorn nahm den Schurken mit schmalem Blick ins Visier. »Wir gehen, weil du dich vor der Obrigkeit fürchtest. Mir machst du nichts vor.« Er war es leid, sich von ihnen einschüchtern zu lassen, doch er wollte verdammt noch mal sein Schwert zurück.

»Der Sturm zieht auf, also müssen wir uns auf den Weg machen. Du kannst deinen Vater ein anderes Mal suchen.«

»Das ist kein Problem. Er ist nicht hier«, entgegnete Thorn und folgte ihnen zu den Stallungen zurück. »Wir werden zur Abbey reiten.« Ihm war bewusst, dass er auf Cameron Land die beste Chance hatte, ihnen zu entkommen. Ihre Wachen patrouillierten im Gebiet der Abbey und sie würden ihn finden. Er musste sie darüber hinaus vor Henrys Plänen warnen.

Sie saßen auf und machten sich auf den Weg, wobei Henry nur eine einzige Ankündigung machte. »Wir werden nicht trödeln. Es wird nicht geredet. Wir reiten so schnell wir können, sonst schaffen wir es nicht vor dem Sturm. Ich übernehme die Führung, und Ewan bildet das Schlusslicht. Umfrey reitet vor dir, Grant Krieger.«

Und dann zogen sie in Richtung Cameron Land los. Die Stille verschaffte ihm die Möglichkeit, seine Flucht zu planen. Sobald sie die Lochluin Abbey erreichten, mussten sie ihre Pferde im Wald verstecken und das Gebäude zu Fuß betreten. Vielleicht konnte er Henry davon überzeugen, Umfrey draußen Wache stehen zu lassen, sodass ihm nur Henry und Ewan blieben, gegen die er kämpfen musste. Er wusste, dass in den Kellern jede Menge Waffen lagerten, und somit würde er schon etwas Geeignetes finden, um sich gegen sie zur Wehr zu setzen.

Vielleicht würde er sie aber auch abhängen können, sobald der Sturm losging. Diese Möglichkeit erschien ihm wahrscheinlicher. Er könnte seinen Weg durch den Sturm finden, und nachdem ihm das gelungen war, kannte er viele Verstecke. Dass er unbewaffnet war, stellte das einzige Problem dar.

Wie um alles in der Welt sollte er sein Schwert zurückerobern?

Sie standen vor der Morgendämmerung auf und brachen auf, wie Dyna es gesagt hatte. Claray konnte kaum erwarten, voranzukommen, denn selbst sie konnte nun den herannahenden Sturm spüren. Wind war aufgekommen, die Temperatur sank, aber zum Glück hatte es noch nicht zu schneien angefangen.

Ihr Ritt war schnell und hart und sie machten nur einmal Halt, und Claray spürte, wie sie sich immer aufgewühlter fühlte. Von Thorn hatten sie nicht die geringste Spur entdeckt. Den ganzen Tag lang hatte sie Derric und Dyna mit Fragen gelöchert, bis sie wusste, dass sie ihr am liebsten einen Knebel angelegt hätten, damit sie still sei, aber sie konnte nicht anders, als sich Sorgen zu machen.

»Sind wir bald da?«, fragte sie ein paar Stunden später. Die Dämmerung war fast schon über sie hereingebrochen und das machte sie nervös ... insbesondere, da es zu schneien angefangen hatte.

Schneeflocken wirbelten um sie herum, und der Wind riss die letzten Blätter von den Bäumen.

»Wir sind fast da. Es ist nicht mehr weit«, meinte Derric. »Bleib nicht zurück. Deine Stute ist erschöpft. Sei nett zu ihr, sonst buckelt sie noch und wirft dich ab, Claray.«

»Ich weiß, aber ich kann nicht aufhören, wenn ich mich sorge.« Sie schaute zu ihrer Schwester hinüber, denn sie bedurfte eines ihrer gütigen Blicke, aber Dyna hatte ihr Gesicht fest unter ihrer Kapuze verborgen. »Ich versuche mein Bestes.«

»Wir sind fast da«, blaffte Dyna. »Gerate nicht in Panik!«

Claray tat ihr Bestes, um ruhig zu bleiben,

doch sie packte die Zügel ihres Pferdes zu fest. Das war ihr bewusst und dennoch konnte sie sich nicht dazu durchringen, locker zu lassen. Der Schnee wirbelte in einem hypnotisierenden, unerbittlichen Muster, um sie herum, das sie unweigerlich zum Würgen brachte. Sie zog die Kapuze ihres Mantels weiter nach vorn und gab ihr Bestes, um die Pferde vor ihr im Auge zu behalten.

Dyna rief ihr zu: »Halte durch, Claray. Wir müssen nach Cameron Land gelangen. Ich habe keine Lust, bei diesem Wetter eine Woche in einer Höhle zu verbringen.«

»Ich tue mein Bestes«, rief Claray, »aber mein Pferd kommt nicht schneller voran. Sie hat auch Angst.«

Derric ritt zu ihr zurück und meinte: »Lass die Zügel locker. Du tust ihr weh.« Sobald sie ihren Griff lockerte, griff er hinüber und versetzte dem Pferd einen Klaps auf die Flanke. Die Stute trabte mit einem Schnauben vorwärts.

Claray folgte dem Weg, so gut sie konnte. Immerhin waren vier Wachen hinter ihr, so dass sie in diesem Sturm auf keinen Fall verloren gehen konnte. Zumindest das beruhigte sie. Ihre Augenbrauen waren vom Wind gefroren, ihre Nasenhaare kitzelten sie, sodass sie einen Niesreiz verspürte.

»Wir sind auf Cameron-Land«, rief Dyna. »Wir sind fast bei den Stallungen.«

Sie setzten ihren Weg fort, doch dann trat das Schlimmste ein. Der Wind nahm zu, und der Schnee fiel schneller und heftiger als zuvor. Ihr

Pferd prallte mit dem Pferd vor ihr zusammen, das einer der Wachen ritt, doch sein Pferd mochte das nicht und versuchte, gegen Clarays Pferd auszutreten.

Ihre sanfte Stute erschrak und rannte wie der Blitz in die falsche Richtung davon.

Claray schrie auf, zerrte an den Zügeln und gab ihr Bestes, das wilde Tier zu bändigen, doch vergeblich. Das verängstigte Tier rannte schneller und härter und bockte unter Claray so heftig, dass sie sich kaum noch halten konnte. »Dyna! Derric! Helft mir, bitte!«

Nichts. Sie hörte niemanden, sah nichts als eine weiße Schneedecke – schwere, dicke Flocken, die ihr die Sicht auf alles versperrten. Der Wind blies so stark, dass er durch die Kiefern pfiff, und sie bedeckte ihr Gesicht vor der bitteren Kälte. Sie zerrte ein weiteres Mal an den Zügeln und betete, dass ihr Pferd sie bemerken und anhalten würde.

Das tat sie. Die Stute hielt so unvermittelt an, dass sie Claray in eine tiefe Schneewehe schleuderte, und als sie aufstand, um nach den Zügeln zu greifen, war das Tier nicht mehr zu sehen.

»Hilfe, Dyna!«

Panik erfasste ihren Körper, und sie rannte und rannte, wobei sie stolperte und in Schneewehen stürzte, bis sie schließlich auf einer von ihnen lag und schluchzte, und ihr die Tränen auf den Wangen gefroren. Sie schaute sich in alle Richtungen um, ob sie Dyna, Derric, eine der Wachen oder irgendwelche Pferde erkennen konnte.

Nichts als eine scheinbar endlose Ausdehnung von Weiß und Kiefernwäldern.

Sie holte ein paarmal tief Luft, sammelte sich und dann begab sie sich wieder in den Schnee und rannte in die Richtung, aus der sie zu kommen glaubte. Ohne jeden Zweifel wusste sie, dass ihre Schwester sie überall suchen würde. Irgendwann würde sie auf sie stoßen. Sie schwor sich, nicht kehrtzumachen und stapfte in die gleiche Richtung weiter durch den tiefen Schnee.

Es schien, als sei eine Ewigkeit vergangen, ohne dass etwas passierte, doch sie vermutete, dass es wahrscheinlich nur Minuten waren. Plötzlich überkam sie eine Erkenntnis. Sie musste sich verstecken, bis der Sturm vorüber war. Dyna würde sie irgendwann finden, aber in der Zwischenzeit musste sie sich von dem fortwährenden Ansturm aus Wind und Schnee schützen. Sie zitterte so heftig, dass ihre Schritte langsamer wurden und jeder einzelne immer schwieriger.

Du musst weitergehen. Denke an Dyna, Mama und an Thorn.

Sie setzte ihren Weg fort, bis sie keinen Fuß mehr bewegen konnte. Jede Bewegung, die sie ausführte, wurde langsam, mühselig und beinahe unmöglich. Der Schnee fiel weiter auf sie herab, als ob er sie auslachte.

Du hättest daheim bleiben sollen.

Dann entschied sie, nicht mehr zu weinen. Sie kauerte sich unter einen Baum, um ihre Fassung ein bisschen zurückzugewinnen, und sobald der

Wind wieder ein bisschen abgeflaut war, trat sie
in den Schnee hinaus. Dort vor ihr lag etwas
Dunkles und sie betete, dass es eine Höhle war.
Wenn sie nur in eine Höhle gelangen könnte …

Was würde das nützen? Sie wusste nicht, wie
man ein Feuer mit feuchtem Holz entfachte, und
das auch nur, wenn sie überhaupt Holz finden
könnte. Ihr Pferd war mit ihrer Satteltasche auf
und davon. Sie hatte kein zusätzliches Plaid zum
Zudecken, kein Fell, auf dem sie liegen konnte.

Sie würde sterben.

Ihr Verstand begehrte bei dem Gedanken auf,
doch dann machte sich ein subtiler Frieden in
ihr bemerkbar. Das Zittern hörte auf, ihre Furcht
erstarb und ihre Atmung kam zur Ruhe.

Sie tat vier weitere Schritte, doch dann musste
sie anhalten, da sie die Energie verloren hatte, ihre
Füße zu heben. Es war zu schwer, zu anstrengend,
sich zu bewegen, zu kalt, zu …

Aus dem Nichts tauchte ein Pferd neben ihr
auf. Der Schnee wirbelte so heftig, dass sie nicht
einmal erkennen konnte, ob ein Reiter darauf
saß. War es ihr eigenes?

Nein, es war viel zu groß. Dies war ein riesiges,
schwarzes Schlachtross, das sie anschnaubte, als
sein Reiter es neben ihr anhielt und die Hand
nach unten zu ihr ausstreckte. Sie gab sie ihm,
und der Reiter hob sie zu sich hoch, als das Pferd
sich weiter fortbewegte.

Die Wärme des Mannes hüllte sie ein und sie
seufzte vor Erleichterung. Es musste Thorn sein.
»Thorn? Das bist du, nicht wahr?« Sie drehte sich
zu dem Reiter um, aber das Schneetreiben war

so heftig, dass sie die Züge des Mannes nicht ausmachen konnte. »Derric?« Nein, sein Haar war dunkel und es wehte frei im Wind. Er war viel zu groß für sie, um seine Züge auszumachen.

Dann wusste sie, wer es sein musste.

»Papa? Ich bin so froh, dass du mich gerettet hast.«

Sie lehnte sich gegen seinen warmen Körper und kuschelte sich in die Arme dieses Mannes, während seine Brust ihren Rücken schützte. Immer schon war ihr Vater ihr Beschützer gewesen. Sie hatte ihn nie als Stiefvater gesehen, gleichwohl sie noch immer all den Schmerz darüber empfand, dass ihr Vater ein schrecklicher Mann gewesen war. Kein Stiefvater könnte sie lieben, wie Connor Grant sie liebte.

Er ritt mit ihr direkt zu einer Höhle, und es war diejenige, die sie vor sich gesehen hatte. Zu ihrer Überraschung brannte dort bereits ein Feuer am Eingang und es war so sorgfältig platziert, dass kein Wind es ausblasen konnte.

Der Mann saß ab und streckte die Hände nach ihr aus, um sie vom Pferd zu heben. Er zog ihr die Kapuze über die Augen und deutete auf das Feuer, während er sie mit einer Hand in ihrem Rücken hineinführte. Sie eilte zum Feuer hinüber und schwelgte in seiner Wärme. Dann knöpfte sie ihren Umhang auf und trat in die schützende Höhle, schüttelte den Schnee von ihrer Kleidung und sah zu, wie er auf magische Weise schmolz, als es auf dem felsigen Boden der Höhle landete.

»Ich bin so dankbar, dass du zu meiner Rettung gekommen bist. Ich dachte, ich würde sterben.«

Sie lächelte vor Freude und blickte sich in der Höhle um, da sie ihrem Helden danken wollte.

Erst dann sah sie die beiden: eine Frau stand ihm Hintergrund mit einem Mann zusammen, der die Arme um sie geschlungen hatte und beide trugen ein sanftes Lächeln auf dem Gesicht.

Für einen Augenblick konnte sie ihren Augen nicht trauen.

»Großvater? Großmutter?«

KAPITEL ZWÖLF

DER GEIST IHRER geliebten Großmutter eilte an ihre Seite. »Dieser Sturm war viel schlimmer, als wir dachten. Halte dich beim Feuer warm. Wir können es nur für kurze Zeit in Gang halten.« Ihre Großmutter machte viel Aufhebens um sie und streifte den Schnee von ihrem Haar und ihrem Rücken, während ihr Großvater das Feuer schürte.

Claray konnte nicht glauben, dass ihre geliebten Großeltern vor ihr standen, die beide jünger wirkten, und dass ihr Haar seine ursprüngliche Farbe zurückerhalten hatte. Großvaters Haar war so dunkel, dass er wie ihr Vater aussah. Und Großmutters goldener Zopf würde im Sonnenlicht schimmern.

»Bin ich gestorben?«, platzte sie hervor. Gleichwohl sie sich fürchtete, die Antwort auf ihre Frage zu hören, musste sie gestellt werden.

Großmutter lächelte sie an und dieses Lächeln hatte sie stets nach aufgeschürften Knien, zerbrochenem Spielzeug und sowohl großen als auch kleinen Enttäuschungen getröstet. »Himmel nein, Claray. Alex sitzt gern da und schaut euch allen zu, wie ihr euren eigenen Weg findet, doch hin und wieder müssen wir einschreiten, wenngleich uns nicht gestattet ist, dies so häufig zu tun, wie wir gern möchten. Wir sind gezwungen, sehr bald zu gehen. Gib mir jetzt den durchgeweichten Umhang.«

Sie kümmerte sich um Clarays Umhang, während Großvater sie in zwei große Felle hüllte und sie auf einen kleinen Felsvorsprung beim Feuer setzte. Großmutter war weiterhin geschäftig, genauso wie sie immer gewesen war, und Großvater folgte ihr mit den Augen, als ob er sich davor fürchtete, was passieren würde, wenn er sie aus den Augen verlor.

»Großvater? Ich vermisse dich so.«

»Aye, Claray. Ich weiß, wie schmerzlich es für die Menschen ist, die zurückbleiben, aber du musst dich nicht um uns sorgen. Maddie und ich haben so viel Arbeit zu erledigen und es ist überaus lohnenswert.« Er lächelte ihr zu und es war dieser weise Ausdruck, den sie vergeblich in ihren Zeichnungen einzufangen versuchte.

»Lächle bitte noch einmal?«

Das tat er, und kam näher, um vor ihr zu knien. »Schau, ich kann wieder knien. Meine Knochen funktionieren, wie sie sollten.« Er schmunzelte und sein Gesicht leuchtete auf, wie das eines Kindes. »Und ich verbringe meine Zeit mit all den anderen geliebten Menschen, die dahingeschieden sind.«

»Großvater warte. Bleibe so und behalte dein Lächeln bei. Bitte.« Sie hob die Hände an seine Wangen und zu ihrer Überraschung fühlte er sich fest an. »Ich muss mir genau einprägen, wie du geschaut hast. Ich habe versucht, dich in einem Bild zu zeichnen, aber irgendetwas hat sich mir entzogen.« Mit dem Finger fuhr sie über die feinen Fältchen an seinen Augen. Er sah wieder wie ein junger Mann aus, doch immer schon hatte sein Lächeln sein gesamtes Gesicht verwandelt. »Dein Lächeln. Ich muss es einfangen. Was tust du jetzt den ganzen Tag lang?«

Sobald sie die Hand von seinem Gesicht sinken ließ, stand er auf und ging wieder zu Großmutter hinüber. »Maddie hat mir immer noch eine Menge beizubringen. Wir haben diese Reise beobachtet und sichergestellt, dass für jeden alles gut geht. Sobald wir dich versorgt haben, warten andere Aufgaben auf uns. Ist dem nicht so, Maddie?«

»Aye.« Sie schaute zu Claray hinüber. »Weißt du, wir versuchen, euch alle dazu zu verleiten, das Richtige zu tun.«

»Tatsächlich? Warum habt ihr dann zugelassen, dass meine Mutter verletzt wird? Ihr Bein ist gebrochen und sie hat solche Schmerzen. Warum habt ihr das nicht verhindert?«

»Wir haben getan, was wir konnten«, entgegnete ihr Großvater und schlang einen Arm um seine Frau. »Nicht wahr, Maddie? Erklär es ihr. Ich weiß nicht genau, wie ich sie dazu bringen kann, dies jetzt zu verstehen. Ich habe so viel zu lernen.«

»Wir können das Schicksal nicht beeinflussen, aber wir können euch ermuntern, bestimmte

Dinge zu tun. Einen Vorschlag in deinem Kopf wecken, dir einen kleinen Anstoß geben oder ein gewisses Gefühl.«

Das brachte sie auf eine Idee. Wenn ihre Großeltern so viel wussten, dann wussten sie vielleicht auch, was aus Thorn geworden war.

»Warum hat Thorn mich verlassen? Ist er verletzt?«

Großmama kam auf sie zu und tätschelte ihr den Arm. »Wir haben ihm einen kleinen Schubs gegeben. Das können wir dir nicht erklären, aber du wirst es verstehen, wenn alles vorbei ist. Es gibt da etwas, dass er für sich klären muss, also hoffen wir, dass er bei seiner Mission erfolgreich sein wird.« Sie schaute Claray ernst an. »Versprich mir, dass du, wann immer du eine Ahnung verspürst etwas zu unternehmen, darauf hören wirst.«

»Wenn du das sagst.«

»Großvater und ich werden diejenigen sein, die dich anstoßen und dir weiterhelfen. Manche unserer Nachfahren werden hören, andere nicht. Das liegt nicht in unserer Hand. Wir hätten den Sturz deiner Mutter nicht verhindern können, aber dein Großvater hat getan, was er konnte, weil er direkt an Ort und Stelle gewesen war.«

Mit runden Augen fragte Claray: »Du warst dort? Was ist passiert?«

»Ich habe ihr einen Stoß in der Luft gegeben, damit sie auf dem Sack mit dem Stoff landete. Wenn sie auf den Steinen aufgetroffen wäre, hätte sie das umbringen können. Es tut mir leid, dass sie ihr Bein gebrochen hat, aber es wird heilen.«

Midnight steckte den Kopf in die Höhle und schnaubte.

Wie auf ein Zeichen gab Maddie ihm einen Apfel. »Du hast gute Arbeit geleistet, sie zu finden und Alex wieder hierher zurück zu bringen. Du wirst zwei Äpfel bekommen. Hier ist der erste.«

»Aber wie konntest du all diese Dinge tun ... Wie hast du mich gefunden?«

»Darauf kommt es nicht an, Claray«, entgegnete ihre Großmutter. »Ich habe dich nicht vor so vielen Jahren gerettet, um dich jetzt in einem Sturm sterben zu lassen. Du musst noch Kinder zur Welt bringen. Du musst Thorn finden. Er ist dein Seelenverwandter. Wir würden ihn für dich finden, wenn wir könnten, aber es ist uns nicht gestattet, lange zu bleiben.«

Ihre geliebten Großeltern, die sie vor den bösen Männern des Channel of Dubh gerettet hatten, erretteten sie noch einmal.

»Du bist solch eine entzückende junge Frau mit einem großen Herzen«, meinte Großmama und lehnte sich an Großvaters Arm. »Das lieben wir am meisten an dir. Ich fürchte, wir müssen jetzt gehen, meine Süße.«

»Nein, bitte verlasst mich nicht.« Sie rappelte sich auf und versuchte, Großmamas Hand zu greifen, doch sie schlüpfte ihr aus den Fingern. »Ich bin ganz allein und ich weiß nicht, wie ich nach Cameron Land gelangen soll.«

»Dir wird es hier gut gehen. Dein Großvater hat deinen Sack gefunden und ihn gleich hier drüben hingestellt.« Sie zeigte auf die Ecke. »Alles ist trocken. In dem Sack daneben sind

Äpfel und Haferfladen, die dich sättigen, bis man dich findet. Und das werden sie. Versprich mir nur eines.«

»Alles, Großmama.«

»Versprich mir, dass du hier bleibst. Verlass die Höhle nicht, bis der Sturm vorüber ist, außer um deine Notdurft zu verrichten. Sie werden dich finden. Deine Schwester ist am Boden zerstört, weil sie dich verloren hat, also wird sie über kurz oder lang kommen. Du hast deine Zeichenutensilien mitgebracht, nicht wahr?«

»Aye, sie sind in meinem Sack, wenn sie nicht ruiniert sind.«

Großmama tätschelte ihr die Wange. »Das sind sie nicht. Setz dich einfach hin und zeichne, bis die anderen kommen. Du erinnerst dich, was ich dich gelehrt habe? Du bist nach dem vielen Üben recht versiert geworden und du hast diese neuen Utensilien, die Tante Jennie dir gebracht hat.«

Claray drehte sich zu ihrem Großvater um. »Warte bitte, Großvater. Sag mir einfach, dass du glücklich bist, Bitte! Ich muss es wissen. Ich vermisse euch beide so schrecklich. Könnt ihr nicht für eine Zeitlang zurückkommen?«

Alex Grant nahm ihr Gesicht in seine warmen Hände, die sie durch und durch wärmten. »Nein, Mädchen. Ich bin dort, wo ich hingehöre. Du wirst uns wiedersehen, wenn deine Zeit kommt, aber du hast noch viele Jahre zu leben. Ich möchte, dass du aufhörst, dir Sorgen zu machen und du dem Mann nachgehst, den du liebst, damit du dein Glück finden kannst.«

»Thorn?«

»Aye, er ist ein guter Mann. Finde dein Glück, wie ich das meine gefunden habe.«

Ihre Großmama führte sie wieder in den hinteren Teil der Höhle, wo sie sich mit warmen Fellen zudeckte, während ihr Umhang neben dem erlöschenden Feuer zum Trocknen hing. »Ich danke euch beiden. Ich liebe und vermisse euch so sehr.«

Maddie beugte sich herab und strich ihr einige Haarsträhnen aus der Stirn. »Aber schau einmal, wie viele Menschen du außerdem um dich hast, die du liebst. Du bist zwei kleinen Mädchen bereits eine ganz besondere Tante, und es werden noch mehr werden, einschließlich deiner eigenen Kinder. Nun los, Kind. Schließe deine Augen. Zeichne deine Bilder, bis du gefunden wirst.«

Großvater legte einen Arm um die Taille seiner Frau und die beiden verschwanden.

Seufzend schloss Claray die Augen. Es war wahrscheinlich ein fantasierender Traum, doch er war zauberhaft und sie fühlte sich warm und sicher.

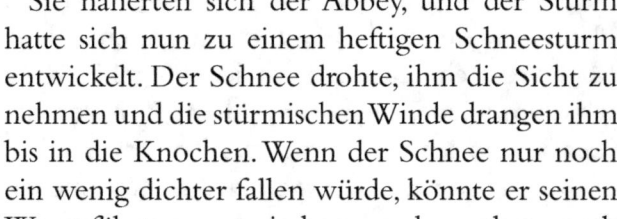

Sie näherten sich der Abbey, und der Sturm hatte sich nun zu einem heftigen Schneesturm entwickelt. Der Schnee drohte, ihm die Sicht zu nehmen und die stürmischen Winde drangen ihm bis in die Knochen. Wenn der Schnee nur noch ein wenig dichter fallen würde, könnte er seinen Weggefährten entwischen und rascher nach Cameron Land gelangen, als sie ihn einfangen konnten.

Er wickelte sich das Plaid bis über den Kopf und war froh über seinen kurzen Bart, der sein Gesicht wärmte, da die Eiskristalle die Haut brutal angriffen. Wann immer er konnte, machte er die Augen zu, doch er zwang sich, die Menschen um ihn herum im Blick zu behalten.

Als er einen Blick über seine Schulter warf, war er überrascht, wie weit Ewan hinter ihm zurücklag. Wenn er den richtigen Moment abpasste, würde er entwischen und sich später bei Connor für seine Dummheit entschuldigen, dass er sein geliebtes Schwert eingebüßt hatte.

Wenige Zeit später erkannte er seine Chance. Henrys Pferd bockte und schleuderte ihn in eine Schneewehe, worauf das Pferd hinter ihm ruckartig haltmachte, sodass Umfrey Mühe hatte, sich im Sattel zu halten. Ewans Pferd ganz hinten lag noch immer weit zurück und der Wald war ganz in der Nähe, also zog Thorn an den Zügeln und sauste in die Ferne davon.

Die Wetterbedingungen waren so schlecht, dass er wusste, sie würden ihn nie finden, und er hoffte, es von hier aus bis zur Lochluin Abbey zu schaffen. Bis er dort ankam, würde er sich einfach verstecken müssen.

Die Festung der Camerons lag ein gutes Stück hinter der Abbey, sodass er nicht versuchen würde, dorthin zu gelangen, ehe der Sturm nachgelassen hatte. Es schien ungefähr einen halben Tag zu dauern, doch endlich war er an den Stallungen von Lochluin Abbey angelangt. Er stieg ab und klopfte an das geschlossene Tor, in der Hoffnung,

dass jemand dort war, um ihn einzulassen. Zwei
Männer schoben die große Tür weit genug auf,
um ihm mit seinem Pferd Einlass zu gewähren.
»Vielen Dank, dass ihr mir Einlass gewährt. Ich
bin bloß auf der Suche nach einem Unterschlupf
gegen den Sturm oder bis ich es zur Festung der
Camerons schaffen kann.«

Die beiden Männer schlossen das Tor wieder
und verriegelten es mit einem Vorhängeschloss.
»Du trägst ein Grant Plaid, also bist du hier
jederzeit willkommen. Wir kümmern uns um
dein Pferd, und man wird dir drinnen ein Bett
zur Verfügung stellen. Nimm die Seitentür.« Der
Mann deutete hinter sich. »Der Weg, wenn du
ihn finden kannst, führt unmittelbar zur Abbey.
Warte in der Vorhalle, und die Äbtissin wird dir
einen Schlafplatz zuweisen und dir eine Schale
Eintopf zu essen und eine warme Brühe zu
trinken geben. Es ist nicht viel, jedoch genug, um
dich zu sättigen.«

Er nickte zum Dank, doch dann hielt er
inne. »Ist hier in letzter Zeit noch jemand
vorbeigekommen?«

»Nein, wir haben niemanden gesehen«,
antwortete der Mann und führte sein Pferd zu
einem Eimer mit Hafer hinüber.

»Gebt Acht! Eine Gruppe von drei Gaunern ist
auf dem Weg hierher. Sie glauben, sie könnten
eure Schatzkammer finden.«

Schmunzelnd entgegnete der Stallmeister:
»Vielen Dank für die Information, aber das
ist nicht ungewöhnlich. Sie alle glauben, auf
magische Weise einen Weg an unseren Wachen,

Vorhängeschlössern und Geheimtüren vorbei finden zu können, aber bisher ist es noch niemandem gelungen. Geh ruhig hinein. Du siehst ziemlich durchgefroren aus. Wir kümmern uns um die Gauner.«

Er kam dem Vorschlag des Mannes nach und machte sich auf den Weg ins Innere der Abbey, in der Hoffnung, dass sie tatsächlich mit Henry fertigwerden würden, falls es den Dieben gelang, in diesem Sturm ihren Weg hierher zu finden. Es war ein kurzer Fußmarsch, aber dennoch nicht unbeschwerlich, und er war bis auf die Knochen durchgefroren, als er in der Vorhalle der Abbey ankam. Er schüttelte den Schnee von seinen Kleidern und wartete einige Augenblicke, bis eine ältere Frau in langen, wallenden schwarzen Gewändern erschien. »Liebe Güte, Ihr seht aber aus wie ein Schneemann. Ich bin Äbtissin Mary. Euer Name?«

»Thorn Taylor vom Grant Clan.«

»Ah, jeder Angehörige des Grant Clans ist willkommen. Wohin wollt Ihr bei diesem heftigen Sturm?«

»Zum Land der Camerons, um Aedan und Jennie Cameron aufzusuchen, doch ich war nicht sicher, ob ich es an diesem Abend noch so weit schaffen würde. Vielen Dank für Eure Gastfreundschaft.«

Die Äbtissin lächelte. »Zwei meiner liebsten Menschen. Kommt herein. Sagtet Ihr, Euer Name sei Taylor?«

»Aye, Thorn Taylor.« Thorn hielt die Hände vor den Mund und blies seinen warmen Atem auf seine halb erfrorenen Fingerspitzen. »Vielen Dank, Äbtissin.«

»Ich führe Euch diesen Korridor entlang zu Eurer Kammer. Am Ende des Korridors liegt eine Kammer, in der Ihr Euch eine Schüssel mit frischem Wasser holen könnt, denn wir haben dort immer ein Fass. Ich werde bald jemanden mit etwas Eintopf und einer Brühe zum Trinken hinunterschicken. Wir haben kein Bier.«

»Das wäre sehr zu begrüßen.«

»In der Kammer liegen ein paar Mönchskutten bereit, falls Ihr trockene Kleidung braucht. Ihr könnt sie gerne über Nacht tragen, solange Ihr nicht vergesst, sie am Morgen hier zu lassen. Dieser Sturm ist recht grimmig. Ich weiß nicht, ob Ihr morgen abreisen könnt, nicht einmal in das Land der Camerons. Ich lasse Euch in Frieden. Aber wenn Ihr Eure Kleidung trocknen wollt, könnt Ihr sie gerne bei der Feuerstelle in der großen Kammer neben der Vorhalle aufhängen, den anderen Korridor entlang, von wo aus wir losgegangen sind. Ihr braucht nur den Geräuschen und der Wärme zu folgen. Dies ist die einzige Stätte, an der wir in diesem Flügel über Nacht ein Feuer brennen lassen. Benutzt es, wenn Ihr wollt.«

Die Äbtissin ging, und Thorn zog seinen Umhang aus, den er an die Wand hängte, bevor er sein Plaid ablegte und es schüttelte. Er überlegte, ob er ihre Einladung annehmen und die beiden Kleidungsstücke bei der Feuerstelle aufhängen sollte. Er hatte noch eine Tunika und ein Plaid, also würde er diese Sachen anziehen und die anderen Kleidungsstücke trocknen lassen.

Er fand den Weg zum Feuer, indem er dem Geräusch knisternder Holzscheite folgte. Bis auf einen alten Mann, der Holz in die Feuerstelle warf, war der Raum leer. Thorn hängte seine Kleider auf und sagte: »Ich würde Euch diese Arbeit gern abnehmen.«

Der alte Mann drehte sich um und entgegnete: »Nein, dies ist meine Aufgabe. Nennt bitte Euren Namen.«

»Thorn.« Sein Blick fiel auf einige Äpfel in einem Korb und er nahm sich einen davon. Er biss hinein und war über den süßen Geschmack erfreut. Sein Magen grummelte dankbar für das Essen. Es war schon eine Weile her, seit er das letzte Mal etwas zu sich genommen hatte.

Ein sonderbares Geräusch ließ ihn aufhorchen, das der alte Mann von sich gab, der nun vor der Feuerstelle stand und sich mit der Hand am Kaminsims hielt, als wolle er sich abstützen. Langsam drehte er sich um, nahm einen langen Spazierstock auf, der neben der Feuerstelle stand, und hielt ihn so vor sich hin, dass erkennbar wurde, dass er nicht sehen konnte.

Tränen rannen dem alten Mann über die Wange.

»Verzeiht mir, habe ich etwas Falsches gesagt? Ich werde Euch allein lassen.«

»Nein, tut das nicht. Euer Name weckte Erinnerungen an jemanden, den ich vor langer Zeit gekannt habe.« Er richtete sich auf, wenngleich er seine Schultern ein bisschen krumm hielt, und dann schritt er vorwärts, wobei er den Stock vor sich hin und her schwenkte. Als er eine Stuhlkante berührte, drehte er sich um und ging in eine andere Richtung.

Fasziniert sah Thorn ihm zu. Noch nie war er jemandem begegnet, der blind war. »Darf ich Euch helfen, an Euer Ziel zu gelangen? Wie ist Euer Name?«

»Nein, ich kann meinen Weg selbst finden. Das tue ich seit Jahren, und ich kenne diese Abbey sehr gut. Vielen Dank für das Angebot, aber das ist nicht nötig.«

Irgendetwas an diesem Mann kam Thorn bekannt vor. »Euer Name, Sir?«

Auf halbem Weg blieb der Mann stehen, um ihm zu antworten.

»Fulk. Fulk Taylor.«

KAPITEL DREIZEHN

DYNA, DEREN MAGEN sich zu einem festen Knoten zusammengeballt hatte, stürmte durch die Tür der Cameron Festung. Onkel Aedan eilte sofort auf sie zu. »Dyna, du bist schon dreimal zum Suchen losgezogen. Ich denke, es ist Zeit, solange damit aufzuhören, bis der Sturm nachgelassen hat.«

»Aber sie ist meine Schwester. Sie wird dort draußen, allein auf sich gestellt, nicht überleben.« Sie schleuderte ihren Umhang auf einen Haken bei der Tür und beeilte sich, zur großen Feuerstelle hinüber zu kommen. »Ich weiß nicht, was ich tun soll. Wie konnten wir sie nur verlieren? Sie war da, und dann war sie nicht mehr da.« Tränen liefen ihr über das Gesicht, und sie rieb sich vor dem Kamin die Hände. »Wie werde ich das unserer Mutter jemals sagen können?«

Derric kam hinter ihr herein, und vier Wachen folgten ihm. »Bei diesem Wetter bleiben wir alle drinnen.« Die beiden anderen waren dabei, die Pferde zu versorgen.

Brin Cameron kam gleich hinter ihnen herein und stampfte sich den Schnee von den Stiefeln.

»Wir haben die ganze Umgebung abgesucht. Sie muss sich in einer der Höhlen verschanzt haben. Wir werden sie morgen früh finden.«

»Oder tot in einer Schneewehe«, jammerte Dyna.

»Frau, wenn sie tot in einer Schneewehe liegen würde, hätten wir sie schon gefunden«, wand Derric ein. Er streckte die Hand nach ihr aus und streichelte ihren Rücken, was sie normalerweise beschwichtigte, doch heute war das nicht der Fall.

»Du verstehst nicht«, sprach sie mit heiserer Stimme. »Claray ist anders, sie ist etwas *Besonderes*. Als sie ein kleines Mädchen war, wurde sie von diesen furchtbaren Männern in dunklen Kammern eingesperrt. Sie durfte Mama nur einmal im Mond sehen. Die arme Claray lebte drei Jahre lang unter diesen Umständen. Sie ist nicht so zäh und hart wie wir anderen. Sie ist anders, aber ich liebe sie so sehr. Ich hätte sie nicht mitnehmen sollen. Ich habe eingelenkt, weil der Gedanke, Thorn zu heiraten, sie so glücklich macht.« Sie lief auf und ab und vergrub dann das Gesicht an Derrics Schulter.

Riley, Tante Jennies jüngste Tochter, kam die Treppe heruntergerannt, und zwar so schnell, dass sie fast gestolpert wäre. »Dyna, ich hatte gerade eine Vision. Es geht ihr gut. Ich könnte nicht sagen, wo sie war, aber jemand hat sie mit Pelzen zugedeckt, ihr eine Tasche mit Äpfeln hingestellt und ihr gesagt, sie solle dort bleiben, bis du kommst.«

»Wer?«

»Das kann ich dir nicht sagen. Aber es geht ihr gut. Warm, sicher und satt. Ihre Satteltasche lag neben ihr, also hat sie sogar Kleidung zum Wechseln dabei.«

Derric rieb sich die Bartstoppeln am Kinn. »Wahrhaftig? Glaubst du, dass alle deine Träume wahr sind?«

Hoffnung entflammte in Dyna wie eine Fackel und sie schaute zu Tara, die Rileys Schwester war, als sie die Treppe herunterkam. »Tara?«

»Riley hat viele Träume, und fast alle davon stellen sich als wahr heraus. Gelegentlich sieht sie ein oder zwei Einzelheiten nicht ganz richtig, aber ich glaube nicht, dass dies in diesem Fall zutrifft. Ich gehe davon aus, dass Claray den Weg in die Höhle gefunden und ihre Satteltasche dabei hat, in der sich genug befindet, um sie warmzuhalten. Du kennst einige unserer Höhlen. Eine liegt in der Nähe einer mineralischen Quelle und sie ist recht warm. Ich glaube, wir brauchen alle etwas Schlaf.«

Aedan kam herein und legte seiner Tochter einen Arm um die Schultern. »Aye, sie sagt die Wahrheit. Und der morgige Tag wird uns viel Schnee zum Schaufeln bescheren. Wir werden die Pferde nicht hinausbringen können, ehe wir nicht einen Weg frei gemacht haben. Jennie und ich haben ein Werkzeug ersonnen, das wir vor eines der Schlachtrösser spannen, um einen schmalen Weg durch den Schnee zu bahnen.«

Dyna interessierte sich nicht für die Schneeschaufel, denn es ging ihr nur darum, dass Riley Claray gesehen hatte und ihre Schwester in Sicherheit war. Die Erschöpfung zehrte an ihr, und deshalb ging sie zum Tisch, wo sie eine Schale mit warmem Eintopf und Brot zu sich nahm, die eine Dienstmagd ihr brachte. »Ich muss etwas essen, und dann werde ich schlafen gehen. Wo, Onkel Aedan?«

»Du kannst die Kammer am oberen Ende der Treppe haben. Eure Männer können auf Pritschen in der Halle schlafen. Ich werde noch mehr Eintopf und Brühe von den Mädchen bringen lassen. Es geht ein furchtbar kalter Wind heute Abend. Gib acht, dass deine Fensterläden fest verriegelt sind. Die Felle können an der Unterseite eingehakt werden, also werden sie nicht umhergeblasen. Das hält die Kälte draußen.«

Derric saß neben ihr und zog eine der Schalen für sich selbst heran. Dyna lehnte sich an seine Schulter und spürte fast sofort, wie ihr die Augen flatternd zufielen. Er schmunzelte und küsste sie auf die Stirn. »Das Mädchen schläft besser als irgendein Mann, den ich kenne.

<hr />

Thorn ließ sich auf den nächstgelegenen Stuhl sinken und starrte den Mann, der gerade zugegeben hatte, sein Vater zu sein, schockiert an. Prüfend betrachtete er ganz langsam dessen Gesicht, auf der Suche nach irgendetwas, das ihn an seinen Vater erinnerte. Zum Zeitpunkt seines Verschwindens war er sechs oder sieben Jahre alt gewesen. Als er sicher war, sich auf den Beinen halten zu können, stand er auf und ging auf ihn zu. »Fulk? Bist du das wirklich?«

»Ja, stimmt etwas nicht damit?«, fragte der Mann.

»Hattest du nicht einen Sohn? Einen Sohn namens Thorn?« Thorn hielt in Erwartung der Bestätigung, die er eigentlich nicht mehr brauchte, den Atem an. Aufgrund der Gesichtsstruktur des Mannes und der Narbe neben seinem Auge, wusste er es bereits. Schon immer, seit der Zeit als er noch ein Junge war, hatte sein Vater eine Narbe über seinem rechten Auge gehabt.

Sie war noch vorhanden.

»Was weißt du über ihn?«

Thorn fuhr sich mit der Hand über das Gesicht, und ein kleiner Teil von ihm war dankbar, dass sein Vater nicht sehen konnte, wie sehr ihn diese Situation ergriff. »Papa«, flüsterte er. »Ich bin es. Erkennst du mich denn gar nicht?«

»Ich bin blind. Wie kann ich dich erkennen?«

Er trat näher an den alten Mann heran, nahm seine Hand und legte sie ihm auf den Scheitel. »Hier. Erinnerst du dich, als ich mir den Kopf angeschlagen habe und fast zwei Tage lang geblutet habe?«

Die Finger des Mannes betasteten den Scheitel. »Thorn? Wirklich? Ich dachte, du wärst tot.« Dann wanderte er mit den Fingern über Thorns Gesicht und tastete seine Augen, seine Nase, seine Wangenknochen ab. Seine blinden Augen füllten sich mit Tränen, und seine Hände wanderten von Thorns Gesicht zu seinen Schultern und Armen. »Du bist es. Das bist wirklich du. Du bist jetzt ein starker Mann, mit großen Muskeln. Nach meiner Rückkehr hatte ich überall nach dir gesucht, wo immer ich hinreiste.«

»Man sagte mir, du seist tot, Papa. Du seist mit den Männern vom Channel of Dubh auf hoher See ums Leben gekommen.«

Sein Vater runzelte die Stirn. »Aye, das waren alles Lügner. Sie versuchten, mich zu töten, aber ich wurde auf einer Insel angespült. Ich bin dort ein paar Jahre lang nicht weggekommen. Als ich nach Edinburgh zurückkehrte, sagten sie, du und Nari wärt tot.«

»Nein. Wir wurden vom Grant Clan adoptiert. Wir haben ein gutes Leben in den Highlands gelebt.«

Tränen liefen seinem Vater über die Wangen, also fasste er ihn an den Schultern und umarmte ihn. »Ich habe dich vermisst, Papa. Die ersten paar Jahre waren sehr schwer für uns.«

»Nari? Er ist wohlauf?«

»Ja, sein Vater wurde getötet, wurde uns gesagt, aber wir blieben zusammen und trafen in Berwick auf die Krieger des Grant Clans. Sie nahmen uns auf.« Sein Vater sah nicht so aus, wie er ihn in Erinnerung hatte, doch er war es. Irgendwie war er es.

»Thorn, verzeih mir«, meinte sein Vater, dessen Stimme schwer vor Rührung klang. »Ich hatte nicht beabsichtigt, dich lange zu verlassen. Ich wollte ein wenig Geld verdienen, genug, um unser Haus zu vergrößern und ein paar schöne Dinge zu kaufen, doch diese Männer haben mich belogen. Es tut mir leid, was ich dir angetan habe.« Dann rieb er sich über die grauen Barthaare am Kinn. »Der Grant Clan. Bestimmt hast du gelernt ein guter Krieger zu sein.«

»Das haben wir beide, Nari und ich. Er ist jetzt dort.«

Sein Vater setzte sich auf einen Stuhl und wirkte eher niedergeschlagen als erfreut, ihn wiedergefunden zu haben. »All die Jahre habe ich auf Nachricht von dir gewartet. Zuerst sagte man mir, du wärst von einem Clan aufgenommen worden, und dann wurde mir berichtet, du seist tot. Da habe ich die Suche aufgegeben. Tot oder lebendig in den Highlands, ich dachte, ich würde nie wieder etwas von dir hören. Ich hatte mein Augenlicht in einem Maße verloren, dass ich wusste, ich würde dich nie erkennen können.« Er schüttelte den Kopf, als müsste er kämpfen, um zu begreifen, was er gerade erfahren hatte, und es mit all dem in Einklang bringen, was sich vor so vielen Jahren ereignet hatte. »Dann kam ich hierher. Ich dachte, wenn ich in der Abbey diente, würde der Herr mir verzeihen, wie kläglich ich dich im Stich gelassen hatte. Ich beschloss, mein Leben damit zu beenden, für jemandem von Nutzen zu sein. Vergib mir, Thorn. Bitte.«

»Papa, wie bist du blind geworden?«

»Ach, es fing auf dem Schiff an. Das passiert vielen Seeleuten, die sich in der Sonne aufhalten. Das Licht ist zu stark.« Er ließ den Kopf hängen und die Tränen versiegten, obwohl sie im Schein des Feuers weiter glitzerten. »Die Highlands. Seid ihr glücklich? Waren sie gut zu euch? Habt ihr immer einen vollen Bauch gehabt?«

»Aye, Papa. Sie waren sehr gut zu uns.«

»Bist du verheiratet? Habe ich irgendwelche

Enkelkinder?«

»Nein.«

»Warum nicht? Du warst immer ein gut aussehender Junge. Such dir ein hübsches Mädchen und heirate sie, hab ein paar Kinder. Das ist der wichtigste Teil des Lebens. Ich freue mich, dich gefunden zu haben, Junge. So kann ich besser verstehen, was geschehen ist.«

»Was meinst du damit, Papa?«

»Manche Dinge passieren aus Gründen, die man erst Jahre später versteht. Jetzt verstehe ich, warum ich nicht rechtzeitig zurückgekehrt bin, um dich zu finden. Es war der Plan des Herrn für dich.«

»Was?«, fragte Thorn schockiert. »Das ergibt keinen Sinn.«

Seufzend stand sein Vater auf. »Ich hatte nicht das Geld, um dich satt zu kriegen. Die Grants hatten es. Sie haben dir Dinge beigebracht, die ich dir nie hätte beibringen können. Sie haben dich zu einem Krieger gemacht. Dass du zu den Grants gingst, ermöglichte dir auch, bei Nari zu bleiben, und sein Vater ist auf dem Meer gestorben. Ich hätte euch beide nicht ernähren können.« Er klopfte seinem Sohn auf die Schulter. »Jetzt verstehe ich, und ich kann in Frieden gehen, wenn meine Zeit gekommen ist. Ich war bereit, meine Strafe für die schlimmen Dinge auf mich zu nehmen, die ich getan oder zugelassen habe, aber ich wollte, dass du in Sicherheit und glücklich bist ... und das bist du.«

»Papa, ich liebe dich immer noch. Das werde ich immer tun.« Bei den Worten seines Vaters verschleierten sich seine Augen. War dies wirklich der Plan des Herrn für sie gewesen?

»Ich werde dich immer lieben, Junge. Vergiss das nicht. Du warst mein ganzer Stolz und meine Freude, und das bist du noch immer.« Sein Vater nickte, als ob er weiterhin über all das grübelte, was er erfahren hatte, doch dann meinte er: »Ich muss meine Aufgaben erledigen. Vielleicht können wir uns morgen längere Zeit unterhalten?«

»Das würde ich gerne.«

Der alte Mann schlurfte den Korridor entlang, und das Klopfen seines Holzstocks verriet Thorn genau, wie weit er sich entfernt hatte. Seine Gedanken kreisten unablässig und so setzte er sich auf einen Schemel bei der Feuerstelle.

Er dachte an all das, was vor Kurzem erst passiert war, von Selas Unfall angefangen bis zu dem Drang, fortzureiten, um sich auf die Suche nach seinem Vater zu machen. Waren auch diese Dinge aus einem bestimmten Grund geschehen? War es ihm bestimmt gewesen, seinen Vater zu finden, um dem alten Mann Frieden zu bescheren? Um auch sich selbst ein wenig Frieden zu gönnen? Er blickte auf das Kreuz über der Feuerstelle, und ein köstliches Gefühl der Klarheit überkam ihn.

Er wusste, was er zu tun hatte.

Er musste zum Grant Clan zurückkehren und Claray zu seiner Frau machen, wenn sie ihn noch haben wollte. Claray Grant war sein Lebensinhalt, und er war töricht gewesen, dies nicht schon vor langer Zeit erkannt zu haben.

Ein alter, blinder Mann hatte ihm in nur einer

Nacht die Augen geöffnet.

Er war so in Gedanken versunken, dass er den näherkommenden Mann nicht bemerkte, bis ein Klappern seine Aufmerksamkeit auf die Tür lenkte. Zwei Männer traten in die Kammer, die Gesichter vor Kälte gerötet.

Die Arme vor der Brust verschränkt trat Henry in den Türrahmen. »Du dachtest wohl, du wärst uns entwischt, aye? Das glaube ich nicht. Weglaufen hat seinen Preis, und den wirst du zahlen, nachdem wir dich von hier fortgeschafft haben. Du hattest versprochen, uns bei der Suche nach dem Schatz zu helfen, und jetzt führst du uns direkt zu den Truhen.«

Thorn erschrak beim Anblick der beiden. »Wo ist Umfrey?«

«Umfrey hat es nicht geschafft. Er ist vom Pferd gefallen und hat sich das Bein fast in zwei Teile gebrochen. Wir hatten seinem Elend ein Ende machen müssen. Das bringt mehr Geld für Ewan und mich.« Henry packte Thorn am Arm und stieß ihn vor sich her, wobei er Thorn einen Dolch in den Rücken drückte. »Und jetzt geh voran.«

Thorn rekapitulierte schnell, was er über die Abtei wusste. Auch wenn sich einige Aspekte des Bauwerks im Laufe der Jahre gewandelt haben mochten, galt das nicht für das Labyrinth aus Gängen und dunklen Treppen. Claray hatte die Dunkelheit verabscheut, und aus diesem Grund hatte er sich immer freiwillig gemeldet, um mit ihr auf Erkundungstour zu gehen.

Einmal waren sie in den Kellergewölben

auf eine verschlossene Kammer gestoßen, und einer der Helfer hatte sie ermahnt, sich davon fernzuhalten.

Freilich war er mit Nari bei einer anderen Gelegenheit zu dieser verschlossenen Tür zurückgekehrt und sie hatten versucht, sie irgendwie zu öffnen, doch ihre Bemühungen waren vergeblich geblieben. Man brauchte einen Schlüssel, um hineinzukommen. Wenn es in der Abtei Reichtümer gab, wären sie dort aufbewahrt, doch er hatte ganz bestimmt nicht vor, diesen Männern zu geben, was sie begehrten, selbst wenn er einen Schlüssel gehabt hätte.

Aber er kannte jede Kammer in diesem Korridor, einschließlich derjenigen, in der viele Werkzeuge aufbewahrt wurden. Wenn er die beiden Dummköpfe dazu bringen konnte, ihm in die Kellergewölbe zu folgen, konnte er eine Möglichkeit finden, in diese Kammer zu gelangen und ein Werkzeug, irgendein Werkzeug, zu finden, das er gegen sie verwenden konnte.

»Wenn ich euch hier helfe, gebt ihr mir dann mein Schwert zurück?« Wenn sie ihm genug Hinweise gaben, würde er das Schwert finden können, das Connor ihm geschenkt hatte. Er musste versuchen, es zurückzuerobern.

»Ewan hat es«, antwortete Henry abweisend. »Es ist zu schwer für mich. Ewan, wenn wir das ganze Geld gefunden haben, gibst du ihm sein Schwert zurück. Du kannst dir ein neues kaufen.«

»Einverstanden, aber erst, wenn ich das Geld habe.«

Thorn seufzte und bedeutete ihnen, ihm zu

folgen. Er strebte auf den hinteren Gang zu und nahm sich eine Fackel von der Wand, um sie durch ein Labyrinth von Treppen und Gängen in die tiefsten Gewölbe der Abtei zu führen. Als er das Ende des Ganges erreicht hatte, führte er sie zur Tür der verschlossenen Kammer. »Hier befindet sich die Schatzkammer, aber wir brauchen den Schlüssel. Er liegt in der nächsten Kammer, versteckt hinter all den Werkzeugen.«

Er zeigte auf die Tür und drängelte sich dann an ihnen vorbei, um in die Kammer zu gelangen, die, wie er wusste, voller Schaufeln, Rüstungen, Dolche, Metallstatuen und anderer Utensilien war. Sein Plan war es, eine Schaufel zu greifen und so zu tun, als würde er die Stelle freilegen, wo der Schlüssel versteckt war, um sich dann umzudrehen, um die beiden Möchtegern-Diebe in ihren Gesichtern zu erwischen.

Ewan sagte: «Wir sind im Begriff, reich zu werden, Henry. Ich wusste, eines Tages würde es passieren.«

»Halt den Mund, Ewan«, fauchte Henry. »Wir brauchen niemanden, der herkommt und nachsieht.«

»Wir befinden uns in den Tiefen des Gebäudes. Hier unten wird uns niemand hören«, meinte Thorn, der dies für wahr hielt. Einmal war er gestürzt und hatte nach Nari gerufen, aber sein Freund hatte ihn nicht gehört, bis er fast an der Tür angekommen war.

Nur noch wenige Meter trennten ihn davon, dies zu beenden, und sein Puls beschleunigte sich vor Erwartung. Aus Angst, seine Augen könnten ihn verraten, hielt er den Blick in der dunklen Kammer auf den Boden gerichtet.

Wahrscheinlich bemerkte er deshalb die vierte Person erst, als er das Geräusch von Metall hörte, das auf einen Schädel krachte.

Ewans Schädel.

Er drehte sich um und schaute überrascht zu, wie sein Vater ein großes Metallstück schwang, das zuerst Ewan traf und dann auf Henry zielte. Ewan sackte zu Boden, doch Henry, der die Bewegung einen Augenblick vorher bemerkt hatte, drehte sich um und schnappte nach der behelfsmäßigen Waffe, um ihr dann auszuweichen, und sie dann Thorns Vater aus den Händen zu reißen.

»Lauf, Thorn!«, rief er. »Sorge dich nicht um mich.«

»Ich werde nicht weglaufen.« Diesen Kampf würde er seinen Vater keinesfalls allein austragen lassen. Er schnappte sich ein kleines Schwert von der Wand und wirbelte damit herum, wobei er Henrys Arm erwischte, bevor der Mann seinen Vater treffen konnte und dann rammte er es Henry in den Bauch. Dessen schockierter Gesichtsausdruck erfüllte ihn mit einer starken Befriedigung.

Langsam richtete sich Ewan auf und griff nach Thorns Schwert, doch bevor er es aus der Scheide gezogen hatte, zückte Thorns Vater einen Dolch, den er ihm in die Seite stieß und ihm damit eine Wunde beibrachte, die ihn umgehend zu Boden sacken ließ. Seine Zielsicherheit war ohne Fehl, zumal er nichts sehen konnte.

»Ist das der Letzte von ihnen, mein Sohn?«

»Jawohl, Papa«, gab er zur Antwort, wobei er seinen Vater bei den Schultern fasste und ihn fest an sich drückte. »Vielen Dank an dich.«

»Als sie hereinkamen, wusste ich sofort, dass sie Ärger machen würden.«

»Wie konntes du das wissen?« Er konnte nicht anders, als sich zu wundern, wie ein Blinder es geschafft hatte, ihnen den ganzen Weg hierher zu folgen, einmal ganz abgesehen davon, ihre Widersacher so geschickt anzugreifen.

»Böse Menschen verströmen einen Gestank, der mir nicht gefällt. Wie ich schon sagte, kenne ich mich hier sehr gut aus, daher war es für mich ein Leichtes, ihren Stimmen zu folgen. Als ich hörte, dass sie hinter dir her waren, habe ich in einer Nische gewartet, bis ihr an mir vorbeigegangen seid.«

»Du hast einen ausgezeichneten Zeitpunkt gewählt.« Er legte einen Arm um die Schultern seines Vaters und langsam gingen sie durch den Gang zurück.

»Ich werde ein paar Wachen herunterschicken, die sich um den Überlebenden kümmern. Wir werden ihn in einer Zelle festhalten, bis der Sturm vorüber ist, und dann den Magistrat holen, der sich um ihn kümmert.«

»Wie hast du gelernt, so gut mit einem Dolch umzugehen? Ich kann kaum glauben, wie schnell du es hier herunter geschafft hast.«

Sein Vater blieb stehen und drehte sich zu ihm um. »Nun, das war ich dir schuldig. Ich hoffe, ich habe einige der törichten Entscheidungen wettgemacht, die ich in jungen Jahren getroffen habe. Ich war nicht der allerbeste Vater, aber ich hatte mich bemüht.«

Thorn umarmte seinen Vater in der Hoffnung, ihm mit dieser Geste mehr zu sagen, als es mit allen Worten möglich wäre. Er hörte seinen Vater seufzen, als dieser die Umarmung erwiderte. Thorn trat zurück und klopfte dem Mann auf die Schulter. »Das hast du, Papa. Und du hast mir geholfen, eine wichtige Entscheidung zu treffen.«

»Und die wäre?«

»Es gibt ein Mädchen, das ich erobern muss. Ich liebe sie sehr, und ich will nicht länger warten. Ich möchte sie bitten, mich zu heiraten.«

»Das ist eine kluge Entscheidung, Thorn. Es war die glücklichste Zeit meines Lebens, als ich mit deiner Mutter verheiratet war und wir ein kleines Kind in unserem Haus hatten.«

Thorn fragte plötzlich verwirrt: »Aber du hattest immer gesagt, dass Mama gestorben sei, als sie mich geboren hatte. War sie das nicht?«

Sein Vater drehte sich um und folgte dem Gang weiter zum Treppenaufgang. »Ich habe dir nicht die ganze Wahrheit gesagt, weil es zu schmerzhaft war. Deine Mutter lebte noch fast ein Jahr nach deiner Geburt, doch das Fieber hat sie dahingerafft. Der Heiler meinte, es sei eine Komplikation von der Geburt gewesen, und es habe einfach sehr lange gedauert.« Bei dieser Erinnerung sackten seine Schultern zusammen.

Thorn war noch nicht bereit, von seinem Vater abzulassen, und so folgte er ihm die spärlich beleuchtete Treppe hinauf, bis sie in den Hauptgang traten. »Papa, möchtest du mit mir reisen? Ich bin auf dem Weg zurück in die Highlands.«

Sein Vater blieb stehen und schaute ihn aus seinen blinden Augen an. »Nein, gleichwohl ich mich freue, dich wiedergefunden zu haben, bin ich der Ansicht, dass ich nicht imstande bin, die Reise zu dieser Jahreszeit zu bewältigen. Aber ich hoffe, du wirst mich irgendwann besuchen.«

»Gewiss. Wie wäre es, wenn ich verspreche, meine Frau im Frühjahr mitzubringen?«

«Das würde mir gefallen.«

KAPITEL VIERZEHN

AM NÄCHSTEN MORGEN erwachte Dyna in einem fremden Bett, und sie brauchte einige Zeit, um sich wieder an all das zu erinnern, was sich ereignet hatte. Sie schaute zu den Deckenbalken auf, und ließ ihren Arm zur andere Seite des Bettes wandern, was ihr bestätigte, was sie bereits wusste. Derric war bereits nach unten gegangen.

Plötzlich besann sie sich auf etwas. Sie fuhr im Bett hoch und setzte sich so aufrecht wie möglich hin, als eine starke Erinnerung sie überkam. Mit Tränen in den Augen flüsterte sie: »Claray. Großmama.«

Großmutter war in ihrem Traum an ihr Bett gekommen und hatte sich neben sie gesetzt. Sie war aufgeschreckt, und Großmama hatte ihr lächelnd die Hand gestreichelt und gemeint: »Sorge dich nicht. Großpapa und ich haben nach Claray gesehen. Sie ist in Sicherheit, bis der Sturm sich gelegt hat. Dann wirst du sie in deiner Lieblingshöhle finden.«

Sie griff nach der Hand ihrer Großmutter und flehte: »Bleib. Wo ist Großpapa?«

Eine Stimme in der Ferne rief ihr zu, und sie drehte sich, um ihn am Fußende des Bettes stehen zu sehen … als eine viel jüngere Ausgabe des Großvaters, den sie so sehr liebte. Tatsächlich hatte er mit seinem langen, dunklen Haar eine verblüffende Ähnlichkeit mit ihrem Vater. »Wir haben Claray mit ausreichend Nahrung zurückgelassen, also geh sie nicht suchen, bevor der Sturm vorbei ist.«

»Aber ich kann sie jetzt holen … Sag mir nur, wo.«

»Nein«, entgegnete er mit donnernder Stimme. »Wir wollen dich nicht auch noch in einer Schneewehe suchen müssen. Halte deinen Starrsinn im Zaum, Enkelin. Lass mich meine Zeit mit meiner Frau in Ruhe genießen. Sobald der Sturm sich gelegt hat, ist genügend Zeit für dich, um nach ihr zu suchen. Und da ich um deinen Starrsinn weiß, Enkelin, erinnere ich dich daran, dass wir beide dich im Auge behalten. Und bitte trauere nicht mehr um mich. Du hast einen wunderbaren Ehemann und zwei reizende kleine Mädchen, an denen du dich erfreuen kannst.« Ein verschmitzter Blick leuchtete in seinen Augen auf. »Darf ich hinzufügen, dass ich einiges unternehmen musste, um diesen Burschen dazu zu bewegen, all deine Fehler zu akzeptieren, Mädchen.«

Daraufhin setzte sie einen finsteren Blick auf, der sich noch vertiefte, als die beiden aus dem Sichtfeld verschwanden. »Nein, geht nicht«, hatte sie geflüstert … und dann war sie in einer leeren Kammer erwacht.

Dyna blickte zum Fußende des Bettes und hoffte, das Bild ihres jüngeren Großvaters für immer in Erinnerung zu behalten. Sie ertappte sich dabei, wie sie über seinen Scherz mit Derric lächelte. Sein Kommentar hatte sie zu dem verwaisten Häuschen zurückgeführt, in dem ein schwachsinniger Mann ihren Großvater und sie gefangen gehalten hatte. Die Situation war anfangs gefährlich und beängstigend gewesen, doch sie hatte irgendwie in Heiterkeit geendet. »Ich liebe dich auch, Großvater«, raunte sie mit einem leisen Flüstern.

Dann, weil sie wirklich nicht warten wollte, schlug sie die Felle zurück, sprang aus dem Bett und machte sich auf die Suche nach irgendwelchen Schuhen, die sie an den Füßen tragen konnte. Als sie endlich fertig war, lief sie eilig zur Tür hinaus und sauste die Treppe so schnell hinunter, dass sie beinahe den Halt verloren und durch die Luft gesegelt wäre.

In der Halle herrschte eine unheimliche Stille, und jeder schien in Gedanken versunken zu sein. Derric saß Onkel Aedan gegenüber, Tara und Riley an einem der Tische und Brin war gerade eingetreten.

Doch es waren die anderen Gäste, die sie in Schock versetzten. Tante Brenna war da, ebenso wie auch Tante Gwyneth und Onkel Logan sowie Sorcha und Cailean. »Was macht ihr denn alle hier?«, fragte sie, als sie wie erstarrt am Ende ihres Tisches stehen blieb. An einem anderen Tisch saßen Alasdair und Emmalin mit ihren Kindern, sowie Els, Joya und ihre Familie. »Els? Alasdair?

Worum geht es hier?«

Derric nahm ihre Hand und zog sie auf den freien Platz neben sich. »Lass sie ein paar Augenblicke in Ruhe. Es ist noch zu früh. Sie haben einen guten Grund, hier zu sein.«

Dyna war nicht imstande, geduldig auf eine Erklärung zu warten, nicht nach dem, was sie gerade erlebt hatte. »Warum? Ist etwas passiert?«

Logan stand auf und fing an, vor dem Kamin auf und ab zu gehen. »Träume, wir haben alle Träume gehabt. Ich habe von Alex geträumt, Gwynie träumte von Maddie, Brenna träumte von ihrem Bruder. Wir alle hatten unterschiedliche Träume von dem einen oder dem anderen. Wir sind alle auf direktem Weg zu den Grants aufgebrochen, aber der verflixte Sturm zwang uns, eine andere Reiseroute zu nehmen. Ich hatte Sorge dafür tragen müssen, dass wir Betten für Gwynie und Brenna hatten.«

Alasdair murmelte: »Er war da! Direkt vor mir. Es war fast so, als hätte ich Großvater berühren können. Und er war wieder jung. Jung! Er stand am Fußende meines Bettes, und ich schwöre, dass mein Vater hinter ihm stand.«

Emmalin nickte zustimmend, doch sie äußerte sich nicht und ein gequälter Ausdruck zeichnete ihr Gesicht.

Els murmelte in kurzen Sätzen: »Sein Haar war so dunkel. Er stand vor mir. Er sah genauso aus wie du und Connor.« Er starrte Alasdair wie unter Schock an.

Dyna drehte sich zu Derric um, der den Blick auf seinen Brei gerichtet hatte und rührte und rührte und rührte ...

Sie ergriff seine Hand und fragte: »Du auch?«

Sein Blick schoss zu ihr hoch und er flüsterte: »Das habe ich nicht gesagt.« Er riss seine Hand los und aß einen Löffel Brei.

»Aber das hast du. Ihr alle. Onkel Aedan?«

Er schürzte die Lippen und nickte. »Sie standen beide am Fußende meines Bettes.«

Derric warf seinen Löffel hin und blaffte: »Genug. Hört auf, uns alle für schwachsinnig verkaufen zu wollen. Es hat nichts zu bedeuten. Dyna, was zum Teufel soll das bedeuten? Joya? Sag ihnen allen, dass sie schwachsinnig sind. Nein, sag nichts, sag mir nur ... Nein, sag es mir nicht.«

Dyna beugte sich vor und küsste ihren Mann auf die Wange. »Du redest im Kreis, Lieber.«

Er seufzte, so tief, dass alle ihn hören konnten. »Ich weiß. Ich glaube nicht an Geister, aber was könnte es anderes sein?«

»Geister. Es sind nur Geister, die aus zwei Gründen gekommen sind. Erstens, um dich wissen zu lassen, dass Claray in Sicherheit ist, bis der Sturm sich gelegt hat. Und zweitens wollen sie uns alle wissen lassen, dass sie dort, wo sie sind, glücklich sind«, verkündete Riley. »Großvater weiß, wie schwer dieses Julfest ohne ihn sein wird. Und ich glaube, er ist besonders empfindsam dafür, wie sein Tod sich auf Dyna und Claray ausgewirkt hat.«

»Hat irgendjemand etwas anderes gesehen?«, fragte Tara.

Dyna wischte sich mit ihrem Ärmel die Feuchtigkeit von der Wange. »Nein, sie sahen sehr glücklich aus. Insbesondere Großvater. Und er war wieder jung.« Sie kicherte unter ihren Tränen. »Er nannte mich starrköpfig. Er sagte, ich solle nicht mehr um ihn trauern, aber ich ... Eigentlich könnte ich das vielleicht, nach den Dingen, die er geäußert hat.« Dann lehnte sie sich zu ihrem Mann, küsste ihn auf den Kopf und sagte: »Er hat erwähnt, dass er große Stücke auf dich hält, du großer Ochse.«

»Ich gehe nach draußen, um nach dem Sturm zu sehen«, verkündete Derric und drückte ihre Hand.

Alasdair sprang auf. »Ich begleite dich.«

»Ich komme euch nach«, meldete sich Els.

Ohne einen Blick zurück, folgten die beiden Derric zur Tür hinaus, und kamen dabei an Brin vorbei, der an der Tür stand.

»Ich war draußen bei den Stallungen. Wenn die Sonne am höchsten steht, sollten wir in der Lage sein, nach Claray zu suchen. Der Wind hat nachgelassen und der Schnee auch, aber er ist immer noch ungemein tief. Wir werden nur langsam zur Abbey vorankommen. Wenn wir nach einem Sturm aufbrechen, machen wir dort immer Halt, um nach den Bewohnern dort zu sehen. Von dort aus werden wir nach Claray suchen.«

»Sie könnte in der Abbey in Sicherheit sein.« Aedan erhob sich von seinem Stuhl und brach einen weiteren Laib Brot vom Beistelltisch, den er für die Gruppe aufschnitt.

»Großvater sagte, sie sei in einer Höhle.« Als Dyna dies äußerte, schaute sie niemanden an. »Er sagte, es sei meine Lieblingshöhle, also muss es die sein, die der Abbey am nächsten liegt.«

»Ja, ich glaube, du hast recht, Dyna«, meinte Onkel Logan. »Wir werden dort nachsehen.«

»Arme Claray. Es muss sehr kalt in der Höhle sein.« Sie kam nicht umhin, einen Schmerz für ihre Schwester und ihre Großeltern in ihrem Herzen zu spüren.

»Nein«, widersprach Riley. »Sie hat Engel, die sie beschützen.«

Wie sehr betete sie, dass Riley recht behielt.

Die Tür flog auf und ließ alle aufschrecken. Derric trat ein, machte dann einen Schritt zur Seite, damit alle den neu eingetroffenen Gast sehen konnten. »Schaut her, wen ich draußen gefunden habe.«

»Komm herein, Thorn«, rief Dyna und winkte ihn heran. »Was du gleich erfährst, wird dir nicht gefallen, aber du kannst uns sicher helfen. Fülle deinen Bauch, denn wir müssen uns auf den Weg machen, sobald der Sturm sich gelegt hat.«

***

Der Sturm war noch nicht vorüber. Thorn hatte in der Nacht ausgiebig geschlafen und dann mit seinem Vater gefrühstückt, der ihn darüber ins Bild gesetzt hatte, dass sich die Wachen in der vergangenen Nacht um die beiden Schurken gekümmert hatten. Der eine war darüber nicht sehr glücklich, allein eingesperrt zu werden, und sein Partner war selbstverständlich tot.

Thorn fand seine Waffen, und im Schnee säuberte und polierte er das Schwert, das

Connor für ihn hatte schmieden lassen, um die Rückstände von Ewans Fingern zu entfernen. Die hochgeschätzte Waffe befand sich nun wieder in ihrer Scheide, wo sie hingehörte.

Thorn setzte sich, ehe er alle begrüßte und dann schaute er Dyna an. »Claray? Hat sie euch nicht begleitet?«

Normalerweise zauderte Dyna nie, mit der Sprache herauszurücken, doch sie schaute zu Derric, der die Sache erklärte: »Claray hat uns überzeugt, nach dir zu suchen, als du verschwunden warst. Wir haben auf die Rückkehr von Lokis Gruppe gewartet, für den Fall, dass sie dich gefunden hätten. Als sie einen Boten zurückschickten, der uns mitteilte, dass sie von dir nicht die geringste Spur gefunden hatten, erklärten wir uns bereit, uns auf die Suche nach dir zu machen.«

»Gut, ihr habt sie also zu Hause gelassen.«

Derric schaute Dyna an, doch er äußerte sich nicht. Schließlich gab sie zu: »Claray war bei uns, aber wir haben sie im Sturm verloren.«

Thorn sprang von seinem Platz auf und eine Woge der Panik brach über ihn herein. »Ihr habt sie verloren? Ist sie tot?«

»Nein, nein, sie befindet sich in einer Höhle. Eine, die uns allen gut bekannt ist«, sagte Derric und drückte Thorn in den Stuhl zurück.

»Woher weißt du das?«

Dyna hustete und antwortete: »Riley hatte einen Traum. Und gestern Abend hatten mehrere von uns Träume.«

Wieder sprang Thorn auf und dieses Mal

brüllte er: »Was zum Teufel hat ein Traum mit all dem zu tun? Ich muss sie suchen. Sie könnte irgendwo sein! Sie könnte da draußen sein und ihren letzten Atemzug tun.«

Dyna schüttelte den Kopf und ergriff seine Hand. »Nein, du verstehst das nicht. Wir haben alle von Großmama und Großvater geträumt. Wir alle. Sie fanden Claray im Schnee und brachten sie in die Höhle, wärmten sie auf und gaben ihr zu essen. Claray musste versprechen, dass sie bleibt, wo sie ist, bis wir sie holen.«

»Geister? Ihr wollt mir erzählen, dass ihr aufgehört habt, sie zu suchen, weil ihr einen Traum hattet? Ihr alle seid dem Schwachsinn anheimgefallen. Ich werde mich auf die Suche nach ihr machen.«

Selbst wenn sie recht hatten und Claray in einer Höhle in Sicherheit war, verabscheute er den Gedanken, dass sie dort ganz allein war und Angst litt. Es konnten Spinnen in der Höhle sein, und es war ihr zuwider, in Dunkelheit zu sein ...

»Nein, bitte geh noch nicht, Thorn«, bat Dyna. »Ich werde dich begleiten. Erlaube mir, dass ich mich entsprechend ankleide.«

Doch Thorn war bereits auf halbem Weg zur Tür. »Lass gut sein. Ich werde sie auf eigene Faust finden.«

»Lass dich von zwei Wachen begleiten«, rief Dyna ihm nach. »Sie ist in dieser Höhle in der Nähe der Abbey.«

»Woher zum Teufel willst du das wissen?«, brüllte Thorn über die Schulter zurück.

Logan Ramsay blaffte: »Weil Alex und Maddie

es uns allen erzählt haben und man Geister nicht anzweifelt.«

Er war sich nicht sicher, ob er das glaubte, doch ihm blieb keine Zeit für ein Streitgespräch, also nickte er einfach. Er musste sie finden.

Er liebte sie.

KAPITEL FÜNFZEHN

CLARAY ERWACHTE UND war überrascht, wie warm ihr die ganze Nacht gewesen war. Sie lugte durch den Eingang der Höhle und war über die Schneemassen schockiert, die sie dort erkennen konnte. Die Verwehungen hatten die Höhle erreicht, also beugte sie sich vor und nahm mehrere Handvoll des kühlen Schnees zu sich, um sich den Mund nach dem Nachtschlaf zu spülen.

Kichernd blickte sie noch einmal nach draußen. Es schneite noch immer, und der Wind blies die Flocken in einem verwirrenden Muster über die Landschaft, doch er hatte nachgelassen. Sie liebte den Anblick der Kiefern nach einem kräftigen Schneefall, wobei die weiße Masse die Äste ein wenig nach unten bog und einen starken Kontrast zu den grünen Nadeln bildete.

Alles war weiß, und jetzt, wo sie in Sicherheit war, konnte sie zugeben, dass es wunderschön war. So schön, dass sie sich in den Schnee stellte, den Kopf ein wenig nach hinten bog und die Zunge herausstreckte, um die fallenden Schneeflocken aufzufangen. Sie kicherte jedes Mal, wenn eine ihre Zunge berührte, doch dann kehrte sie wieder in die Höhle zurück.

Draußen war es noch zu kalt, und sie wusste nicht, wie man ein Feuer schürte. Eigentlich sollte es unmöglich sein, doch die Höhle fühlte sich noch immer ein bisschen aufgewärmt an von dem Feuer, das ihre Großeltern für sie zurückgelassen hatten. Nachdem sie sich hinter der Biegung in den dunklen Teil der Höhle zurückgezogen hatte, fand sie einen großen Stein, auf den sie sich setzen konnte und der ihr perfektes Licht bot, um ihre Zeichnungen fortzusetzen. Sie holte die Bilder hervor, an denen sie bereits gearbeitet hatte, und als sie sah, wie schön die Farben im Tageslicht zur Geltung kamen, musste sie lächeln.

Dann weckte etwas anderes ihre Aufmerksamkeit. Ob es nun ein Traum oder ein echter Besuch von den Geistern ihrer Großeltern gewesen war, sie hatte jetzt eine perfekte Erinnerung an das Lächeln ihres geliebten Großvaters im Kopf.

Sie arbeitete eine Zeit lang fleißig, ehe sie beschloss, sich zu erheben und sich die Beine zu vertreten. Der Wind war fast gänzlich abgeflaut, also schlang sie einen Schal um ihr Gesicht und trat hinaus, um sich zu erleichtern. Ehe sie wieder hineinging, musste sie unter den Bäumen innehalten und in den Himmel aufschauen. Die Sonne war endlich herausgekommen, und das Glitzern der Schneeflocken war so bezaubernd, als wären die sanften Schneehügel mit funkelnden Edelsteinen bedeckt. Begeistert warf sie die Arme in die Luft und kicherte, denn ihre ganze Angst war gestern Abend verflogen. Großmutter und Großvater hatten ihr versichert, sie würde gerettet werden, und das glaubte sie ihnen.

Sie kehrte in die Höhle zurück und biss in einen kirschroten Apfel, ehe sie ihre fertigen Zeichnungen aufeinanderstapelte und sie in der Verpackung verstaute, um sie dann zum Schutz gegen die Elemente zu verschnüren. Ihr letztes Bild würde die Herrlichkeit der Welt um sie herum darstellen, wenn es möglich wäre, dies auf Papier zu bannen.

Als sie mit der Zeichnung fertig war, legte sie sie zu den anderen und horchte, denn sie vernahm ein merkwürdiges Geräusch vor der Höhle. Ein Pferd. Sie war sich ganz sicher, dass sich ein paar Pferde näherten. Sie sammelte ihre Sachen ein, verstaute sie in ihrer Satteltasche und begab sich dann an den Eingang der Höhle.

Die Pferde kamen auf sie zu und zu ihrer Überraschung ritt Thorn das vorderste Ross. Als er näher kam, sprang er vom Pferd und rannte auf sie zu.

»Claray, bist du unversehrt?«

»Aye«, entgegnete sie und hielt dabei die Arme nach ihm ausgestreckt. Er stürzte sich auf sie und schlang die Arme um sie, ehe er sie rasch küsste.

Als er den Kuss beendet hatte, schaute er sie an. »Du bist wunderschön. Ich kann nicht glauben, dass du hier allein überlebt hast. Deine Schwester ist sehr besorgt.«

»Und wir waren wegen dir in Sorge. Ich dachte, ich würde dich nie wiedersehen.« Mit der Fingerspitze berührte sie ihn an der Unterlippe und er brummte, küsste sie heftig und ihre

Hitze verdampfte in der Luft um sie herum. Sie teilte die Lippen für ihn und mit seiner Zunge berührte er die ihre, und erforschte ihren Mund auf eine Weise, die sie wünschen ließ, er würde sie überall auf diese Weise erforschen.

Als er den Kuss beendete, schaute er ihr tief in die Augen und flüsterte: »Ich liebe dich. Wirst du mich heiraten?«

»Wirklich Thorn? Das meinst du wahrhaftig?« Claray war so überrascht, dass ihr Herz in tausend Stücke zu bersten drohte.

»Aye, ich meine es ernst. Auf dieser Reise habe ich viel nachgedacht. Ich möchte dich immer an meiner Seite. Nie ist das Leben so strahlend wie mit dir an meiner Seite. Wir könnten in der Grant Festung oder in Castle Curanta wohnen. Was immer dir lieber ist.« Auf seinem Gesicht stand dieses breite Lächeln, das sie so liebte.

Sie nahm sein Gesicht in ihre Hände und versuchte, die Glückstränen zurückzuhalten, die ihr über die Wangen laufen wollten, doch sie versiegten auf halbem Wege. »Aye, es gibt nichts, das mich mehr freuen würde. Aber warum bist du fortgelaufen? Ich habe mir solche Sorgen um dich gemacht.«

Ihre Großeltern hatten ihr erörtert, dass sie ihn dazu geführt hätten, eine gewisse Sache zu unternehmen, doch sie wollte die Geschichte von ihm hören.

Seufzend küsste er sie auf die Stirn. »Ich hatte etwas Bestimmtes zu erledigen. Später werde ich dir alles darüber erzählen, doch zuerst muss ich dich zu deiner Schwester zurückbringen.«

»Wo ist sie?« Sie löste sich aus seiner Umarmung und sammelte die letzten Dinge zusammen, während er ihre Satteltasche hinaustrug, um sie am Sattel seines Pferdes zu befestigen. Bei seiner Rückkehr hob er sie in die Arme und trug sie zu seinem Pferd hinaus.

»Thorn«, kicherte sie. »Ich bin sehr gut in der Lage, selbst zu laufen.«

»Der Schnee ist zu tief für deine zarten Füße. Ich möchte nicht, dass sie kälter werden, als sie bereits sind. Du kannst mir alles erzählen, sobald wir in die Festung der Camerons zurückgekehrt sind, wo Derric und Dyna auf uns warten. Ich werde dich direkt vor die warme Feuerstelle setzen.«

Er hob sie auf sein Pferd und saß hinter ihr auf.

»Sorge dich nicht, Mädchen. Bis dahin werde ich dich warmhalten.«

Um mehr hätte sie nicht bitten können. Ihre Großeltern hatten sie gerettet und der Mann, den sie liebte, hatte sie gefunden und nun würde sie heiraten.

Thorn machte seine Sache gut, sie übers Land der Camerons zurück zu führen, während die Sonnenstrahlen auf die Landschaft trafen und sie zum Funkeln und Schimmern brachte.

»Thorn, ist das nicht wunderschön? Mit der Sonne am Himmel funkelt der Schnee wie Diamanten. Nie habe ich so etwas Bezauberndes gesehen. Dies scheint sich als der zauberhafteste Tag zu erweisen. Einer, den ich nie vergessen werde und stell dir vor … es ist fern vom Land der Grants geschehen.« Vielleicht konnte sie sich dazu bringen, ihre alten Ängste loszulassen.

Insbesondere jetzt, da sie von den beiden Engeln wusste, die über sie wachten. Sie konnte kaum abwarten, Thorn alles darüber zu erzählen.

»Nur du bist noch schöner, Mädchen. Ich dachte, ich hätte dich verloren.«

»Also, nun erzähle mir. Wohin bist du gegangen?«

Er seufzte erschöpft. »Als ich sah, welche Schmerzen deine Mutter litt, bin ich gegangen, weil die Schuld zu viel für mich zu ertragen war, doch dann beschloss ich, nach meinem Vater zu suchen und nach dem Julfest zurückzukehren. Ich hatte einen Boten zurückschicken wollen, doch dann wurde ich von einer Bande von Gaunern gestellt, die mich nötigten, sie nach Lochluin Abbey zu begleiten, um dort Geld zu stehlen.«

»Oh, Thorn. Wie schrecklich. Wie bist du ihnen entwischt?« Über ihre Schulter hinweg beobachtete sie ihn und anhand der Anspannung um seinen Kiefer wusste sie, dass mehr Emotionen in seiner Geschichte eine Rolle spielten, als er zugeben wollte. Doch sie würde ihm die Zeit lassen, sie in seinem eigenen Tempo zu erzählen.

»Unglaublicherweise habe ich meinen Vater gefunden. Er dient nun schon seit geraumer Zeit in der Abbey. Er ist beinahe blind und er dachte, mit seinem Dienst für die Nonnen wiedergutmachen zu können, dass er mich verlassen hatte. Über mehrere Jahre war er nicht in der Lage gewesen, nach Edinburgh zurückzukehren, also glaubte er, Nari und ich seien tot. Aber ich bin froh, ihn gefunden zu haben. Ich habe ihm ein Zuhause beim Grant Clan angeboten, doch er hat abgelehnt und ich habe versprochen, im Frühling oder Sommer zurückzukehren. Mein Vater und ich sind mit den Gaunern fertiggeworden, also werden sie uns nicht länger behelligen.«

»Sollte ich nachfragen?«

»Nein, der wichtigste Teil der Geschichte ist, dass ich meinen Vater wiedergefunden habe und er uns alles Gute wünscht. Und nun bin ich mehr als je zuvor bestrebt, dich zu meiner Frau zu machen. Er hat mir geholfen, das Leben auf neue Art und Weise zu verstehen. Er hat mich erkennen lassen, dass es manchmal Dinge gibt, die aus unerklärlichen Gründen passieren.«

Sie schaute ihn mit großen Augen an. »Ich denke, du hast recht.« Sie dachte daran, was ihre Großeltern ihr erzählt hatten, an den kleinen Schubs, den sie Thorn gegeben hatten.

»Ich bedaure, dass ich von dir fortgelaufen bin. Es war nicht mein tapferster Augenblick, aber wäre ich nicht fortgeritten, hätte ich meinen Vater nie gefunden. Ich hätte vielleicht nicht erkannt, wieviel du mir bedeutest, Mädchen. Und nichts ist mir wichtiger als … als *du*.« Dann küsste er sie auf die Wange.

Claray lehnte sich gegen ihn zurück und er legte einen Arm um sie, wobei seine Nähe sie auf eine Weise beruhigte, die sie nicht erklären konnte. War sie je glücklicher als in diesem Moment gewesen?

Sie glaubte nicht.

Als sie die Festung der Camerons erreichten,

brachte Thorn Claray direkt den freigeschaufelten Pfad zum Hauptturm hinauf, denn er wusste, dass der Schnee zu tief für sie war, um sich zurechtzufinden. Sobald sie ankamen, riss Dyna die Tür auf und rannte hinaus, wobei sich ihr ein schriller Schrei entrang. »Claray, bist du unversehrt? Ich habe mir solche Sorgen um dich gemacht, aber Großmama kam in einem Traum zu mir und erzählte mir, dass du wohlauf wärst und ich wollte dich dennoch holen, aber Derric hat mich überredet, zu warten, und ich habe so gehofft, dass Thorn dich finden würde …«

Claray konnte nicht anders, als über den Überschwang ihrer Schwester zu lachen. »Ich habe dich noch nie so viel reden gehört, Dyna. Mir geht es gut und ich bin noch nie glücklicher gewesen. Danke für deine Hilfe.«

Thorn war ihr beim Absitzen behilflich und ein Stalljunge kam herbei, der ihr Pferd nahm.

Schnell umarmte Dyna sie und Clarays erster Gedanke war, dass ihre Schwester sie recht gern haben musste, um so aus dem Häuschen zu geraten. Dieser Gedanke wärmte ihr das Herz sehr. Sobald sie eingetreten waren, wurden sie von so vielen geliebten Menschen, einschließlich ihrer Ramsay Tanten und Onkel begrüßt, dass Claray dachte, ihr würde das Herz bersten.

Aber sie wollte nicht zur Ruhe kommen, noch nicht ganz, bis sie nicht ihre Mutter gesehen hätte und wusste, dass sie wohlauf war. Thorn setzte sie auf einem Sessel vor der Feuerstelle ab und machte es ihr bequem, wobei sie sich zu der Gruppe wandte und fragte: »Wie lange, ehe wir reisen können?«

Derric erklärte, »Wir werden ein bisschen patrouillieren und ergründen müssen, wie tief der Schnee ist. Alasdair und Els werden mich begleiten.« Die beiden nickten im Gleichtakt hinter ihm, doch dann zauderten sie, als Aedan die Hand hob.

Aedan kam die Trepper herunter und meinte: »Am Morgen.«

»Bist du dir dessen sicher?«, fragte Dyna. »Wie kannst du dir so sicher sein?«

Aedan sagte nicht viel, sondern nur: »Ein weiterer Traum. Alex sagte, wir sollten am Morgen aufbrechen. Brin, Tara und Riley kommt mit uns. Logan, bist du weiterhin in diese Richtung unterwegs, selbst mit dem Schnee?«

»In Richtung Grant Land. Ich widerspreche den Geistern aus Träumen nicht.«

»Wir werden bald aufbrechen«, meinte Dyna. »Unsere Schlachtrösser können durchkommen und ich möchte nach Hause, um nach Mama zu sehen. Wir werden die Burg für euch alle vorbereiten.«

Kopfschüttelnd meinte Derric: »Dyna, du bist zu ungeduldig.«

»Aye, aber ich muss Mama sehen.«

»Na schön. Wir werden aufbrechen, wenn die Sonne am höchsten steht. Gib der Sonne Gelegenheit, den Schnee zu schmelzen.«

Alle waren vor Staunen verstummt, doch dann hallten Clarays schrille Freudenschreie von den Dachsparren zurück. »Das Julfest steht bevor und wir werden alle zusammen sein!«

Einige Freudenrufe erschallten in der Halle, bei der Aussicht zu den Grants zu reisen.

»Und Thorn hat mich gebeten, seine Frau zu werden!«

Thorn musste zugeben, dass sein Magen sich umso mehr aufwühlte, je näher sie dem Land der Grants kamen. Es hatte sich als wunderschöne Reise herausgestellt, denn die Sonne hatte genügend Schnee geschmolzen, dass die Pferde mühelos vorankamen. Er hatte einen Boten geschickt, der seinen Vater informieren sollte, dass sie in das Land der Grants zurückkehrten und im Frühling wiederkämen. Die Reise war leichter, als er vorausgesehen hatte. Der Wind hatte kräftig geweht, was einen Großteil ihres Weges frei gemacht und an den Seiten hohe Schneewehen aufgetürmt hatte.

Nichts bremste ihr Vorankommen und so kamen sie wie geplant am Ende des zweiten Tages, nachdem sie die Camerons verlassen hatten, an. Thorn wusste, was er zu tun hatte.

Zuerst musste er sich bei Sela Grant entschuldigen und sehen, wie es ihr ging.

Dann musste er sich auch bei Kyla Grant entschuldigen, die sich den Knöchel verstaucht hatte.

Dann musste er sich bei Connor Grant entschuldigen und ihn um Clarays Hand bitten. Er liebte Claray und wünschte, sie zu seiner Frau zu nehmen. Je eher, umso besser. Er konnte nur hoffen, dass seine Dummheit Connors Meinung über ihn nicht zum Schlechteren gewandelt hatte. Das Gespräch mit seinem Vater hatte ihn veranlasst, alles aus einem anderen Blickwinkel zu sehen. Er war so froh, dass ihm diese Gelegenheit beschieden gewesen war.

Sobald sie ankamen, half er Claray vom Pferd und dann blieb er zurück, um die Pferde zu versorgen, ohne überrascht zu sein, Claray zusammen mit ihrer Schwester loslaufen zu sehen, um zu Sela zu gelangen. Derric kam herüber und mit leiser Stimme fragte er: »Du wirst das Richtige tun, nicht wahr, Thorn?«

»Aye«, antwortete er. »Ich werde Connor aufsuchen, nachdem ich nach Sela gesehen habe. Ich hoffe, sie gesundet.«

Zusammen gingen sie hinein und er war überrascht, Sela mit Jennie Grant neben ihr in einem Stuhl bei der Feuerstelle sitzen zu sehen. Sofort ging er zur Feuerstelle hinüber, doch Claray trat vor ihn und flüsterte: »Es geht ihr besser und ihr Bein wird heilen, also musst du dich nicht zwingen.«

Er umschloss ihre Hände mit seinen und meinte: »Aye, Mädchen. Ich muss um Verzeihung bitten. Ich hatte hastig gehandelt und es war teilweise mein Fehler.« Sie trat zurück und er zog einen Schemel heran, den der vor Sela rückte. Sobald er den Schemel abgestellt hatte, fragte er: »Darf ich einen Moment von Eurer Zeit erbitten, Mylady?«

»Aye«, antwortete Sela. »Ich freue mich, zu sehen, dass du zurückgekehrt bist, Thorn. Später werde ich meine Töchter genau fragen, was sich auf dieser Reise zugetragen hat, doch mit Freude sehe ich, dass ihr alle nach eurer Reise durch den Schneesturm unversehrt zurückgekehrt seid.«

»Aye«, gab er zurück, denn er grübelte noch immer nach den richtigen Worten, doch dann entschied er, direkt zu sein. »Meine demütigste Entschuldigung für mein übereiltes Handeln neulich, was den Sturz verursacht hat, der Euch so schlimm verletzt hat. Wenn ich das rückgängig machen könnte, würde ich das tun. Ich bedaure ebenfalls, dass ich gegangen bin … das war dumm und übereilt.«

»Deine Entschuldigung ist angenommen, Thorn. Wir alle hatten einen kleinen Anteil an diesem großen Fehler.«

»Ich hoffe, Eure Schmerzen sind besser und dass Ihr gut heilt.«

»Gracie und Merelda haben gute Arbeit geleistet, den Knochen zu richten«, meinte Jennie. »Ich glaube nicht, dass sie überhaupt irgendwelche Nachwirkungen von dem Bruch haben wird. Er scheint sehr gut zu heilen.«

»Und mit einer Prise dieses Pulvers in meinem Getränk jeden Abend schlafe ich wunderbar«, meinte sie mit einem Grinsen, das ihm sagte, dass sie wohl von dem Opiumpulver sprechen musste.

»Wie geht es Kyla?«, fragte er ängstlich, weil er sie nicht sah.

»Sie hatte nur einen oder zwei Tage lang eine Schwellung. Es geht ihr jetzt gut.« Jennie winkte mit der Hand, um ihn zu entlassen, also drehte er sich um, doch als er davongehen wollte, fiel sein Blick auf Connor Grants Brustkasten direkt vor ihm.

»Wenn du das Gespräch mit meiner Frau beendet hast, würde ich mich gern privat mit dir in meiner Kabinettstube unterhalten, Thorn.«

Normalerweise hätten diese Worte Thorn in Panik versetzt – dies war sein Mentor, sein Held –, aber Claray liebte ihn und Sela hatte ihm vergeben, weshalb er sich überraschend mutig fühlte.

»Connor, lass den Mann in Frieden«, meldete sich Sela. »Gestatte ihm zumindest, zuerst ein Ale zu trinken.«

Connor schaute zu Thorn. »Ich bin sicher, dass es ihm nichts ausmacht, nicht wahr?«

»Überhaupt nicht.« Connor machte kehrt, also folgte Thorn ihm und schritt an Claray vorbei, die er sagen hörte: »Bitte, Papa.«

Connor ignorierte sie und ging weiter. Sobald sie in der Kabinettstube angekommen waren, deutete er auf einen Stuhl für Thorn und schloss die Tür, ehe er hinter einem der Schreibtische Platz nahm.

»Bist du unversehrt, Thorn? Ich freue mich Dyna und Claray wohlauf zu sehen, trotzdem sie in diesem Sturm waren. Wenn du dazu etwas beigetragen hast, gehört dir mein Dank, aber sie wären nicht dort draußen gewesen, wenn nicht wegen deiner unüberlegten Entscheidung, loszureiten, ohne irgendjemandem zu sagen, wohin du unterwegs bist.«

Thorn konnte nicht leugnen, dass Connor recht hatte. Er musste die Verantwortung für seine schlechte Entscheidung übernehmen.

»Meine aufrichtige Entschuldigung für mein gedankenloses Handeln. Ich hatte geplant, einen Boten zurückzuschicken, aber ich bin von einer Gruppe Gaunern aufgegriffen worden.«

»Und wohin wolltest du, als du gegangen bist? Hattest du ein Ziel im Sinn?«

»Anfänglich nein. Ich habe eine Rolle in dem Unfall gespielt, bei dem Eure Frau verletzt wurde, und es hatte mich aufgewühlt, sie in ihrem Schmerz zu sehen. Meine Schuldgefühle übermannten mich. Aber ich hatte schon immer nach meinem Vater suchen wollen und es kam mir in den Sinn, dass es vielleicht gut sein könnte, dies zu tun, ehe ich heirate. Ich verspürte einen starken Drang, ihn aufzuspüren, gleichwohl meine früheren Versuche erfolglos geblieben waren.«

»Und hast du das getan?«

»Das habe ich. Er war nicht dort, wo ich ihn erwartet hatte, aber ich habe ihn in der Lochluin Abbey arbeitend gefunden. Im Austausch gegen eine Kammer und Nahrung tut er viele Dinge für die Abbey. Wir hatten eine schöne Unterhaltung.«

»Wahrhaftig? Ich bin erfreut, das zu hören. Ich hätte ihn hier willkommen geheißen. Du hättest ihn einladen sollen.«

»Das habe ich, doch er hat sein Augenlicht verloren und ist in die Jahre gekommen. Er glaubte, die Reise sei nicht sicher für ihn. Ich habe versprochen, ihn bei gutem Wetter wieder zu besuchen.«

Connor lehnte sich in seinem Stuhl zurück und verschränkte die Finger vor sich ineinander.

»Also ... ich war enttäuscht zu erleben, wie du Clarays Gefühle so herzlos missachtet hast. Bist du weiterhin interessiert, meiner Tochter den Hof zu machen?«

»Aye, ich würde sehr gern um ihre Hand bitten. Wir würden warten, bis ihre Mutter wieder geheilt ist, aber ich möchte die Verlobung nicht verschieben.«

»Und kann ich dir vertrauen, dass so etwas nie wieder passiert? Ich erwarte von dir, meine Tochter zu beschützen. Das kannst du nicht, wenn du davonreitest, ohne eine Nachricht zu hinterlassen.«

»Ihr habt mein Wort, dass ich so etwas nie wieder tue. Ich ...« Er hatte Schwierigkeiten, die richtigen Worte zu finden, und fragte sich, wie viel er zugeben sollte. »Ich liebe Claray sehr, und ich liebe sie seit langer Zeit. Ich möchte nicht länger warten und ich hoffe, sie fühlt dasselbe.«

»Hast du sie gefragt?«

»Aye, das habe ich. Ich war so glücklich, als ich sie in der Höhle fand, dass ich damit herausgeplatzt bin, und sie hat angenommen.«

»Sie gefunden? Allein? In einer Höhle? Offenbar muss ich noch mehr über diese Reise erfahren.«

»Aye, mein Laird. Ich denke, es ist am besten, wenn Eure Töchter alles erklären. Ich war die meiste Zeit nicht dabei.«

»Darf ich dir noch eine Frage stellen? Warum hast du so lange gewartet? Ich habe die Anziehung zwischen euch beiden sehen können.«

Thorn überdachte seine Worte, denn eine

ehrliche Antwort war vonnöten, und erklärte dann: »Diese Reise hat mir ein neues Gefühl der Klarheit beschert. Connor, ich habe Euch stets respektiert und ich habe immer wie Ihr sein wollen. Es war ein ungewöhnliches Glück, das Nari und mich an jenem Tag zu Euch und Gregor geführt hatte. Doch stets hatte ich mich gefragt, ob ich es verdiente. Mein Vater half mir, mit diesen Gefühlen fertigzuwerden.«

»Darf ich fragen, wie?«

»Er erinnerte mich daran, dass Dinge aus einem Grund geschehen können, den wir vielleicht nicht verstehen. Ihm ist es eine Freude, von unserer Zugehörigkeit zum Grant Clan zu erfahren. Er ist stolz auf mich. Seiner Ansicht nach haben sich seine Kämpfe gelohnt, weil Nari und ich zusammenbleiben konnten und zu Kriegern ausgebildet wurden. Warum ich gewartet habe ... Ich wusste nicht, ob Ihr mich jemals als würdigen Gatten für Eure Tochter akzeptieren würdet. Vermutlich hat mich die Furcht zurückgehalten.«

»Aber hast du vergessen, welch große Rolle du dabei gespielt hattest, mir zu helfen, meine Frau zu finden? Du hattest Sela für mich auf den Straßen von Berwick aufgespürt, und dann wieder in Berwick Castle. Und ich weiß nicht, ob ich dir das je wieder zurückzahlen kann. Dir die Hand meiner Stieftochter zur Frau zu geben, scheint mir sehr angemessen. Damals warst du ein tapferer junger Kerl, und du bist zu einem guten Mann herangewachsen. Glaube an dich selbst.«

Thorn war so schockiert von seinen Worten, dass er nicht wusste, was er sagen sollte. Connor hatte recht. Thorn hatte ihm geholfen, Sela zu finden. Warum war ihm das nicht eingefallen?

Im Aufstehen begriffen meinte Connor: »Ich werde Claray nach ihren Gefühlen fragen, aber wenn sie der Verlobung zustimmt, hast du meinen Segen, Thorn.« Er kam um den Schreibtisch herum und klopfte ihm auf die Schulter. »Willkommen in der Familie.«

Dann drehte er sich weg, um die Tür ein wenig zu schnell zu öffnen.

Claray strauchelte beinahe und wäre ihrem Vater fast in die Arme gefallen, wobei ihr Gesicht von ihrem wunderschönen Haar wie ein Heiligenschein umgeben war.

Bezüglich ihres offensichtlichen Versuches, zu lauschen, zog Connor die Augenbraue hoch.

Sie brachte nur zwei Worte hervor. »Aye, Papa.«

Damit waren sie offiziell verlobt.

KAPITEL SECHZEHN

DIE GANZE FAMILIE Grant beteiligte sich an Claray und Thorns Freude. Nie zuvor hatte Claray sich glücklicher und mehr als ein Teil des Clans, den sie liebte, gefühlt.

Dann erklärte Dyna: »Die Camerons und die Ramsays sind auf dem Weg. Wir müssen die Burg für den Besuch vorbereiten.«

Schockiert kam Tante Jennie auf die Beine. »Aedan kommt?«

»Ja, und er bringt alle mit. Und Onkel Logan, Tante Gwyneth und Tante Brenna waren auch da, und die anderen folgen ihnen nach. Sie werden alle hier sein. Anscheinend ist Großvater in so manchem Traum erschienen.«

Tante Jennie brach in schallendes Gelächter aus, und alle schauten sie an. Als sie aufhörte, erklärte sie: »Das heißt, mein Bruder hat Logan heimgesucht und ihm gesagt, er soll seinen Hintern hierher bugsieren. Ansonsten würde er sich um diese Jahreszeit nicht vom Fleck rühren.«

Claray, die mitten in der Menschenansammlung stand, verkündete: »Dann müssen wir alles vorbereiten. Mama und meine Tanten können sich um die Speisen kümmern und mit der Köchin sprechen. Dyna, Astra, unsere Cousins und ich werden uns um die Wäsche und die Gästeräume kümmern. Thorn, Derric, Morgan, Hagen und alle anderen, die helfen wollen, können die Betten aus den Kellern in die Kammern schaffen, damit wir sie rechtzeitig lüften und zurechtmachen können. Dann können diejenigen, die gegen die Schneeverwehungen ankämpfen wollen, heute Nachmittag auf die Jagd gehen. Der Schnee schmilzt schnell in der Sonne.«

»Claray«, rief ihre Mutter. »Wann bist du zu einer Anführerin geworden?«

Claray straffte die Schultern und antwortete: »Seit ich verlobt bin. Alles soll perfekt sein, und wir werden noch weitere Besucher haben. Loki und seine Nachkommenschaft werden hier sein, und du weißt, dass wir immer Überraschungsgäste haben. Vielleicht Roddy und Rose oder Braden und Cairstine. Oder die Drummonds. Wir müssen uns vorbereiten. Und ich brauche noch eine Gruppe, um die letzten Äpfel zu holen, die noch an den Bäumen hängen.«

Alle wandten sich ihren Aufgaben zu, doch nicht, ehe Thorn zu ihr gekommen und sie vor allen Augen geküsst hatte. »Bis später.«

Die Menge johlte, bis Claray kicherte und im tiefsten, nur denkbaren Farbton errötete, doch sie genoss jeden Augenblick davon. Wie hatte sie sich von einer Frau, die sich in einem Schneesturm verirrt hatte und allein in einer Höhle war, zu einer Frau entwickeln können, die über beide Ohren verliebt war und bald heiraten würde?

Sie wusste es nicht und es war ihr einerlei. Sie war verlobt und platzte vor Glück.

***

Alle verbrachten einen sehr arbeitsreichen Tag und legten nur für eine rasche Mahlzeit eine Pause ein, denn es gab noch viel zu tun. Thorn hatte den Tag genossen, und obwohl die Männer ihn schrecklich aufzogen, erduldete er diese Spötteleien mit einem Lächeln im Gesicht. Strahlend meinte Claray zu ihm: »Ich muss zurück in die Küche und der Köchin bei der Zubereitung weiterer Fleischpasteten helfen.«

Thorn kam heran und flüsterte ihr ins Ohr. »Würde meine Verlobte heute Abend gern einen kleinen Spaziergang unternehmen, ehe du das tust? Der Schnee ist wunderschön, und er lockt mich.«

»Aye«, willigte sie ein und lehnte sich lächelnd an ihn.

Er half ihr, den Umhang und ihren Schal anzuziehen, um dann seinen eigenen zu holen. Kurz bevor sie gingen, rief Dyna ihnen zu. »Wo wollt ihr bei diesem Wetter hin?«

»Nur einen Spaziergang machen. Der Schnee ist wunderschön und es ist eine zauberhafte Nacht. Wir werden nicht lange fort sein«, versprach Claray, ehe sie die Tür schlossen.

Sie überquerten das Kopfsteinpflaster und schritten durch das Tor hinaus. Er winkte den Wachen zu und gab ihnen mit Zeichen zu verstehen, dass sie zu dem kleinen Hügel in der Nähe wollten.

Als sie den Hügel erklommen hatten, fragte sie: »Thorn, glaubst du, es waren wahrhaftig Großmama und Großvater, die mir im Sturm geholfen haben?«

Er dachte einen Moment lang nach und wünschte, er wäre wirklich imstande, seinen Unglauben aufzugeben und ihr im Brustton der Überzeugung zu versichern, ihre Großeltern seien als Engel zurückgekehrt, um über sie zu wachen. Doch das vermochte er nicht.

»Ich würde es gerne glauben, aber es ist schwer vorstellbar ...«

Sie hielt inne und drehte sich zu ihm um. »Wie habe ich dann meine Tasche gefunden? Und wer hat das Feuer entfacht?« Sie drückte seine Hände, eine sanfte Geste, mit der sie ihn anflehte, dem Glauben zu schenken, was sie ihm erzählte.

Er wollte ein Glaubender sein. Das wollte er wirklich. Doch es ergab keinen Sinn. Wenn Engel sich in das menschliche Leben einmischten, wo waren sie dann gewesen, als Nari und er in Edinburgh verschollen waren? Hätte seine eigene Mutter nicht versucht, ihn zu führen?

Hinter ihnen ertönte ein Geräusch und als sie sich beide umdrehten, waren sie überrascht, Dyna und Derric, Connor und Sela, Jamie und Gracie, Chrissa und Drostan, Jennie, Kyla und Finlay zu sehen, die alle hinter ihnen versammelt waren, während noch mehr Menschen durch die Tore hinausströmten.

Claray schaute von einem Gesicht zum anderen und fragte: »Stimmt etwas nicht?«

»Nein«, antwortete ihr Vater, der ihre Mutter

trug.

»Wir fühlten uns alle genötigt, hier heraus zu kommen«, meinte Sela. »Warum genau, wissen wir nicht, aber ich wollte dringend an die frische Luft.«

»Ich wurde getrieben«, fügte Dyna mit Blick auf ihren Mann zu. »Von einer seltsamen Kraft wurde ich wirklich getrieben.«

»Wärst du nicht so starrköpfig, wärst du vielleicht nicht getrieben worden, aber du wolltest nicht glauben, was deine Eltern und Tanten und Onkel dir zu sagen versuchten«, meinte Derric gedehnt.

»Warum sind wir dann hier, Klugschwätzer?«, fragte Dyna. Doch dann erstarrte sie, den Blick auf eine Masse gerichtet, die den Hügel emporkam. Ein kurzer Blick verriet ihr, dass eine große Anzahl von Pferden in der Dunkelheit den Hügel erklommen. Wer war so spät gekommen?

»Warum seid ihr hier? Ist etwas geschehen?«, rief Connor besorgt, als die Gruppe auf sie zukam.

Thorn erkannte Loki in dem Moment, als dieser gellend rief: »Seid ihr alle hier, um uns zu begrüßen? Wenn ja, dann habt ihr viele zu begrüßen. Die Ramsays haben die Drummonds eingeholt, die zu den Menzies und Camerons aufgeholt haben. Und ich habe Mama und Papa, Braden und Cairstine, Roddy und Rose sowie Daniel und seine Familie eingeholt. Sie kamen alle zur gleichen Zeit den Berg herauf. Der Schneesturm ist nicht an ihnen vorübergezogen.«

Hinter Loki und Arabella und den anderen aus ihrem Clan kam eine Gruppe in blauen Plaids heran. Logan ritt mit Gwyneth, und hinter ihnen war ein Meer von Ramsay-Plaids zu erkennen. Thorn freute sich besonders, Gregor und Linnet zu sehen, wie auch Merewen und Gavin. Lange schon war es her, seit er sie getroffen hatte und noch immer hatte Gregor einen besonderen Platz in seinem Herzen inne.

»Ich habe auch Alasdair, Emmalin, Els und Joya mitgebracht«, verkündete Logan

Er erkannte Connors Onkel Brodie und die Gruppe aus Muir Castle. Neben ihnen waren Roddy und Rose, Daniel und Constance, und es kamen immer mehr Besucher. Da waren die Drummonds, die Menzies und noch mehr Camerons. Er kannte sie nicht alle, doch sie alle lächelten im hellen Licht des Mondes.

Wann hatten sie je so viele sonnige Tage und klare Nächte erlebt? Es hatte etwas Magisches.

Thorn musste an Clarays Äußerung denken, dass sie von Engeln behütet wurden. Ganz eindeutig hatte jemand aufgepasst, dass die große Gruppe sicher die Berge heraufkam.

Als sie alle nahe herangekommen waren, stieß Logan einen Pfiff aus und alles wurde still. »Ich glaube, ich weiß, warum wir gekommen sind«, sprach er für alle deutlich hörbar.

»Warum?«, fragte Connor und gab damit der Frage seine Stimme, die Thorn auf den Lippen lag.

Logan deutete auf einen Punkt gleich hinter der Stelle, an der Thorn und Claray standen. »Diese alte Ziege versucht immer noch, mich zu verfolgen.« Ein Grinsen ging über sein Gesicht, und alle folgten seinem Blick.

»O mein Gott«, flüsterte Dyna, als sie den Arm ihres Mannes ergriff und mit der freien Hand auf die Stelle zeigte.

Thorn schaute auf die angezeigte Stelle, und ein nachhaltiges Aufatmen hallte durch die Gruppe, die eng beieinanderstand. Ein Gefühl des Staunens keimte in Thorn auf, das sich immer weiter ausbreitete.

»Sieh nur, Claray«, meinte er und drückte ihre Hand. »Es ist genau so, wie du gesagt hast.«

Dort stand Maddie Grant in ihrem grünen Festtagskleid aus Samt, Alex in seinem feinen Hemd und karierten Plaid hinter ihr. Die Rot- und Grüntöne waren so strahlend, dass sie schon von weitem sichtbar waren. Beide hatten ein warmes Lächeln im Gesicht und ein eigentümlicher Nebel waberte um ihre Füße. Sie schienen ein bisschen in der Luft zu schweben, etwas höher als sie, sodass jeder sie sehen konnte.

»Einen ganz herzlichen Gruß zum Julfest an euch alle«, verkündete Maddie. »Es tut uns leid, dass wir euch alle in die Kälte hinausgebracht haben, doch wir haben einen Grund dafür.«

»Mama? Papa?«, riefen Connor und Jamie wie aus einem Mund.

»Großvater?«, flüsterten Dyna und Chrissa.

»Großmutter? Du warst es doch, die mir geholfen hat, nicht wahr?«, fragte Claray, die Thorns Hand so fest umklammerte, dass es wehtat.

Ihre Großmutter blickte in die Runde und antwortete: »Ja, das waren wir beide. Wir mussten dich in Sicherheit bringen, und Grandsire liebt es, wieder auf Midnight zu reiten, selbst bei kaltem Wetter. Keine Sorge, Claray, auf dich wartet viel Glück.«

Alex Grant verkündete: »Ich werde all die Fragen beantworten, die so vielen von euch im Kopf herumgehen. Ja, ich bin sehr glücklich, wieder mit Maddie zusammen zu sein. Also trauert bitte nicht länger um mich. Feiert alles, was euch beschert ist in dieser Julfestzeit. Wir haben euch zusammengebracht, damit ihr einander feiert, also tut das bitte.«

Maddie sagte: »Claray, vergiss nicht deine Geschenke für sie alle.«

Dyna schluchzte hörbar, und Thorn glaubte, auch noch andere in der Gruppe schluchzen zu hören, doch Claray hatte ein heiteres Lächeln auf dem Gesicht.

Jennie winkte, als ihre Abbilder zu verblassen begannen. »Ich liebe euch und vermisse euch beide.«

Maddie warf allen einen Kuss zu und dann lehnte sie sich an Alex und schlang ihm die Arme um die Taille. Doch gleich darauf hielt sie inne. »Wartet!«

Alle verstummten gespannt, zu hören, was sie noch hinzuzufügen hatte. »Erinnert euch bloß daran, dass wir die Fähigkeit haben, unsere Lieben hin und wieder anzustupsen und wenn wir euch also einen kleinen Schubs geben oder ihr die Neigung verspürt, etwas Bestimmtes zu tun, bitte zieht es in Erwägung. Wir haben Thorn und Claray zusammen mit Dyna den Berg hinabgeschickt. Die drei sind durch ihre Reise gestärkt worden.« Ihre Abbilder verschmolzen mit der Landschaft und dann

verschwanden sie mit einem Winken von Maddie.

Thorn schlang einen Arm um Claray und sie lehnte den Kopf an seine Schulter. »Ich vermisse sie so sehr, doch sie so zusammen zu sehen, ist tröstlich.«

»Du hast Geschenke für alle? Was meinte sie damit, Liebste?«, fragte Thorn.

»Aye, das habe ich. Wir müssen wieder nach drinnen gehen.«

Logan Ramsay, der unübersehbar ergriffen wirkte, räusperte sich: »Führe den Weg an und wir werden dir folgen. Es hört sich an, als hätten wir etwas zu feiern.«

Der Schlachtruf der Grants hallte durch die Nacht und traten in Wettstreit mit den Ramsay, Menzie, Drummond und Cameron Schlachtrufen, die ebenfalls erschollen und dann von einem Ausbruch von Gelächter gefolgt wurden.

Die restliche Gruppe folgte zufrieden, alles gesehen zu haben, was zu sehen ihnen bestimmt war, und sie sprachen leise von den Eindrücken und dieser Zeit des Jahres.

»Dies ist ein wunderschönes Bild«, meinte Brenna. »Ich wünsche mir, die beiden für immer so in Erinnerung zu behalten. Glücklich. Connor, du hast viele Gäste unterzubringen und zu verpflegen. Wirst du in der Lage sein, alle aufzunehmen?«

»Natürlich werden wir das«, gab Jamie zurück.

»Wir werden vielleicht einige zusätzliche Pritschen in den Kammern aufstellen müssen, aber wir werden alle Türme benutzen. Claray wusste bereits, dass viele kommen würden, also haben wir den ganzen Tag gearbeitet, um die Kammern mit zusätzlichen Betten auszustatten. Wenn nötig, werden wir in der Halle zusätzliche Lager für einige Männer errichten. Es macht mir nichts aus, mit meinen Verwandten in der Halle zu schlafen, damit die Frauen in den Kammern schlafen können. Wir haben jede Menge Holz gelagert und es befindet sich eine ganze Anzahl von Jägern unter uns. Dies wird ein großer Spaß werden. Etwas, das Papa immer gern sehen wollte. Alle zusammen. Es wird ein denkwürdiges Julfest werden.«

»Ich bin so froh, dass sie dich hierher gebracht haben«, meinte Kyla mit einem strahlenden Lächeln. »Mama und Papa waren beide so entspannt und glücklich. Das haben sie beide verdient. Sie werden immer meine Engel sein.«

⁓

Drinnen angekommen, vermengten sie sich alle bei der Tür, wo sie ihre Umhänge aufhängten, die Stiefel auszogen und den Schnee abschüttelten. Hüte wurden in alle Richtungen geschleudert. Holz wurde in die Feuerstelle gestapelt und Felle wurden herumgereicht, die sie sich auf den Schoß legten, um sich zu wärmen. Sie ließen sich um die Tische herum nieder und plauderten und lachten in einer fröhlichen Runde. Kyla, Gracie, Dyna und Chrissa machten sich auf den Weg in die Küche, um eine schnelle Mahlzeit auf den Tisch zu bringen, und reichten Claray Brotlaibe, die auf den Tischen verteilt werden sollten, wobei einige Dienstmägde ihr zu Hand gingen.

Sobald Claray Gelegenheit dazu fand, eilte sie in ihre Kammer im Turm und kehrte mit einem in Bindfäden gewickelten Paket zurück. »Was ist es, Claray?«, fragte Dyna, während sie ihrer Familie Becher mit Ale servierte.

Claray baute sich vor der Gruppe auf, um ihre Ankündigung zu machen, wobei ihr Blick hin und wieder zu Thorn wanderte. »Als ich draußen im Sturm war, kamen Großmutter und Großvater zu mir. Großvater fand mich im Schnee und hob mich zu sich hinauf auf Midnight, und Großmutter wartete in der Höhle auf uns. Sie kümmerte sich um mich, so wie sie es immer tat, bürstete mir den Schnee ab, hängte meinen Umhang auf, wärmte meine Hände, glättete mein Haar ...«

Ein kollektiver Seufzer erklang gleichzeitig von ihren Schwestern, Cousinen und Tanten.

»Nun, nachdem sie mich so weit versorgt hatten, ließen sie etwas zu essen zurück und nahmen mir das Versprechen ab, dass ich nicht fortgehen würde. Großmutter sagte mir, ich solle meine Bilder malen, weil ich das Papier und die neuen Utensilien mitgebracht hatte, die Tante Jennie mir geschenkt hatte. Es ist eine Art Kreide und man kann damit Farben malen.«

Sie separierte die Bilder, die sie gemalt hatte, und ging dann durch den Saal, um jedem Paar ein Bild zu überreichen. Sie hatte Bilder von Alex und Maddie für jedes ihrer Kinder gemalt, Bilder von Quade und Brenna, Logan und Gwyneth, Aedan und Jennie, die sie an deren Kinder gab. Sie hatte auch Bilder von einigen der Kleinsten im Clan und Bilder von Ramsay Castle und Grant Castle gemalt.

Alle waren erstaunt über ihr Talent. Tante Brenna meinte: »Ich hatte keine Ahnung, dass du so begabt bist, aber woher wusstest du es?«

»Was meinst du damit, woher ich es wusste?«

»Du hast sie genauso gezeichnet, wie wir sie jetzt gerade gesehen haben. Sie sind jünger, haben ihre Festtagskleider angezogen, und du hast die heitere Fröhlichkeit eingefangen, die ich in ihren Gesichtern wahrgenommen habe. Das Lächeln meines Bruders sieht genau aus wie damals, als er noch jünger war. Du hast sie perfekt dargestellt. Woher wusstest du nur genau, was sie tragen würden?«

Sie drehten sich alle um und warteten auf ihre Antwort. Claray dachte sorgfältig über das Gesagte nach und gab ihnen die einzige Antwort, die sie darauf hatte. »So sind sie mir in der Höhle erschienen. Großvater kam mir ganz nahe und endlich konnte ich erkennen, was ich vorher übersehen hatte.«

Thorn kam heran und blickte Kyla über die Schulter. Er staunte über die schöne Darstellung, dann wandte er sich wieder seiner Verlobten zu. »Ich bitte um Verzeihung, Claray. Ich schätze, ich glaube tatsächlich an Engel. Eine andere Antwort gibt es nicht.«

Claray reichte ihm das letzte Bild, das sie von

der glitzernden Landschaft nach dem Sturm gezeichnet hatte, worauf ein einzelnes Pferd mit zwei Gestalten darauf die Landschaft durchquerte.

»Das ist mein Geschenk für dich. Ich möchte mich immer an den Moment erinnern, als du zu mir kamst. Ich liebe dich, Thorn.«

Er umarmte sie und betrachtete ihre wunderschöne Darstellung der Landschaft von Cameron.

»Es war eine seltsame Abfolge von Ereignissen, die zu unserer Verlobung und der Zusammenführung unserer Clans geführt hat, aber es wird das schönste Julfest aller Zeiten.« Sie schaute nacheinander alle in ihrer Familie an – Tanten, Onkel, Cousins und Cousinen, Geschwister – und erkannte, wie gesegnet sie waren. Sie konnte nur hoffen, dass es noch viele solcher Zusammenkünfte geben würde, wie die, die ihre Großeltern arrangiert hatten.

Sie umarmte Thorn und flüsterte: »Vielleicht werden wir eines Tages auch Engel sein.«

»Mädchen, das bist du schon.«

ENDE

http://www.keiramontclair.net/

LIEBE LESER UND Leserinnen, ich wünsche Ihnen wunderschöne Feiertage. Ich bete um Gesundheit und Glück für uns alle.

Und um einen Impfstoff ...

Als Nächstes schreibe ich die Geschichte von Elizabeth.

Viel Spaß beim Lesen,
Keira Montclair
keiramontclair@gmail.com
www.keiramontclair.net
http://facebook.com/KeiraMontclair/
http://www.pinterest.com/KeiraMontclair/

WEITERE ROMANE VON KEIRA MONTCLAIR

HIGHLANDSCHWERTER
DER VERRAT DER SCHOTTIN
DIE SCHOTTISCHE SPIONIN
DIE JAGD DES SCHOTTEN
DIE PRÜFUNG DES SCHOTTEN
DIE TAUSCHUNG DES SCHOTTEN
DER ENGEL DER SCHOTTEN

DIE CLAN GRANT-SERIE
#1-BEFREIT VON EINEM HIGHLANDER-
Alex und Maddie
#2-HEILUNG EINES HIGHLANDER-
HERZENS-Brenna und Quade
#3-LIEBESBRIEFE AUS LARGS-Brodie und
Celestina
#4-AUFSTIEG IN DIE HIGHLANDS-
Robbie und Caralyn
#5-DAS KNISTERN DER HIGHLANDS
-Logan and Gwyneth
#6 -MEINE VERZWEIFELTE
HIGHLANDERIN-Micheil und Diana
#7-DER HELLSTE STERN DER
HIGHLANDS-Jennie und Aedan
#8-HIGHLAND HARMONIE- Avelina and
Drew

ÜBER DIE AUTORIN

Keira Montclair ist das Pseudonym einer Schriftstellerin, die mit ihrem Mann in South Carolina lebt. Sie liebt es, rasante, emotionale Liebesromane zu schreiben, am liebsten mit Kindern als Nebenfiguren in ihren Geschichten.

Früher hat sie als Krankenschwester in der Pädiatrie und in der Intensivpflege gearbeitet. Eine weitere Leidenschaft von ihr ist das Unterrichten. Sie lehrte sowohl Mathematik an der Highschool als auch praktische Krankenpflege.

Jetzt widmet sie ihre Zeit am liebsten dem Schreiben, aber alle Zeit der Welt würde nicht reichen, um alle Ideen zu Papier zu bringen, die sich noch in ihrem Kopf tummeln! Ihre Clan-Grant-Highlander-Serie, die aus acht eigenständigen Romanen besteht, ist bei den Lesern sehr beliebt. Ihre dritte Buchreihe, Der Highland Clan, die zwanzig Jahre nach der Clan Grant-Reihe spielt, konzentriert sich auf die Nachfahren der Grant/Ramsay. Wer es lieber etwas zeitgenössischer mag, dem seien ihre Bücher ans Herz gelegt, die an den Finger Lakes in West New York spielen. Ihre neueste Serie, Highlandschwerter, basiert auf der Serie Der Highland Clan, ist aber eine eigenständige Geschichte.

Kontaktieren Sie die Autorin per E-Mail unter
keiramontclair@gmail.com
Website: *http://www.keiramontclair.net*